feutrine dans la maison

Texte et créations Françoise Schildge
Croquis de Barbara Tissen
Photos de H.-P. Arnaud

FLEURUS IDEES

Editions Fleurus, 31 rue de Fleurus 75006 Paris

FLEURUS IDEES VOUS PROPOSE

Titres disponibles:

101. Joies de l'émail
108. Bijoux en métal
109. L'émaillage à froid
110. Les bougies
116. Brins de laine
118. Le métal liquide
119. Inventez vos broderies
120. Le vernis liquide
122. Le patchwork
124. Les granulés fondants
125. Marottes et marionnettes
127. Cordes et ficelles
128. Jouez avec des adhésifs
129. Le papier crépon
131. Travaux de feutrine
132. Clous et fils
133. Vive le macramé
134. Peintures et impressions sur tissus
136. Le non tissé
137. Avec des éléments métalliques
138. Jeux de mosaïques
139. La paille de papier
140. Clous et fils 2
141. Poupées de laine, poupées de chiffon
142. Le plâtre
143. Avec des boîtes de conserves
144. Lumière et couleurs
145. Merveilleux polystyrène
146. Des bijoux
147. Cerfs-volants insolites
148. Branches et brindilles
149. Avec des cailloux
150. Chiffons, boutons, galons
151. Avec du raphia
152. Travaux en perles
153. La feutrine facile
154. Avec du carton ondulé
155. Le métal en fil
156. Plaisir de la broderie
157. Initiation à la pyrogravure
158. Le métal repoussé
159. Panneaux et décors en laine
160. Jouets en bois
161. Tissages sur métiers de petite largeur
162. Ornements de fête
163. Initiation aux photogrammes
164. La pâte à bois
165. Fleurs en «collants»
166. Feutrine pour la maison
167. Bois découpé

DANS LES AUTRES SÉRIES

Série 100: Livres et jeux d'activités.
Série 104: Ouvrages particulièrement orientés sur la connaissance et la découverte de la nature.
Série 105: Ouvrages présentant des activités variées inspirées du folklore d'un pays du monde.
Série 107: Spécialement destinée à ceux qui s'occupent des petits jusqu'à 7 ans.
Plans et modèles et **Acti-Plans**: Plans ou patrons pour réaliser des objets en volume.
L'âge actif: Activités plus particulièrement destinées aux personnes du troisième âge.
Savoir créer: Initiation à l'artisanat et à la pratique de certains ''hobbys''.

POUVANT ÊTRE MIS DIRECTEMENT ENTRE LES MAINS DES ENFANTS

Série 112: 12 idées de travaux manuels autour d'un thème ou d'un matériau facile.
Premiers essais: Initiation aux activités d'expression.

Si vous désirez la liste complète de ces ouvrages, adressez-vous à votre libraire ou faites parvenir votre carte de visite aux Editions Fleurus en mentionnant ''Demande documentation sur Fleurus-idées''.

introduction

Est-il nécessaire de rappeler tous les avantages que présente la feutrine ?

Ce non-tissé souple, moelleux, aux jolies et multiples couleurs, est en effet tout désigné pour être utilisé dans des travaux destinés à décorer la maison, la rendre plus confortable et gaie.

Rappelons que la feutrine ne s'effiloche pas, ce qui est une qualité bien utile. Dans de nombreux cas, cela évitera des rentrés et des ourlets fastidieux.

La feutrine se coud facilement, se colle sans problème, ce qui peut être fort appréciable.

En outre, la feutrine n'ayant pas de sens, on pourra disposer astucieusement les patrons de façon à utiliser un métrage minimum.

Vous trouverez donc ici tout un éventail de travaux plus ou moins importants destinés à la maison. Chacun y fera son choix en fonction de ses désirs et de ses goûts.

Il est bien évident que certains de ces travaux (tels le dessus de lit, la cantonnière, le dosseret, etc.) ne pourront parfois être reproduits point par point : en effet, ils devront être adaptés à vos propres besoins. Nous espérons avoir donné suffisamment d'explications pour vous faciliter au mieux cette adaptation.

C'est pourquoi (sauf pour les petits objets) nous ne donnerons pas d'indications concernant les métrages de feutrine : ceux-ci seront à calculer en fonction des objets à réaliser. Par contre nous indiquerons les fournitures nécessaires.

Dans certains cas, des motifs seront donnés en réduction avec indication ''agrandir aux carreaux''. Cette méthode d'agrandissement est à la portée de tous et ne demande pas de connaissance particulière en dessin. Voici comment procéder : il suffit de tracer sur un papier de la dimension de l'objet à réaliser un quadrillage régulier reproduisant à grandeur le quadrillage dessiné sur le livre,

puis, carreau par carreau, reproduire le motif indiqué.

Enfin, pour obtenir un bon résultat, nous conseillons d'étudier consciencieusement une harmonie de couleurs qui se mariera avec le décor général de la pièce dans lequel les objets devront prendre place. L'importante gamme de couleurs de la feutrine permettra facilement cette adaptation.

objets utiles

LE RANGE-CHAUSSURES

Voir sur la photo page 34.

Avec ce range-chaussures très pratique, fini le désordre des chaussures dans la poussière du bas des placards : ici elles seront rangées chacune dans une niche et s'y trouveront comme dans des étuis.

Les matins où l'on est pressé, le petit ''coussinet frotteur'' astucieusement fixé au range-chaussures par une tresse de feutrine sera facile à trouver et à utiliser pour un astiquage rapide.

Le modèle présenté ici est conçu pour un rangement en largeur de 4 paires de chaussures d'adultes. Mais on peut facilement adopter une autre disposition des poches suivant l'emplacement dont on dispose pour l'installer (1). Il suffit de savoir que l'on compte environ 28 cm de hauteur et 26 cm de largeur pour le rangement d'une paire de chaussures d'adultes.

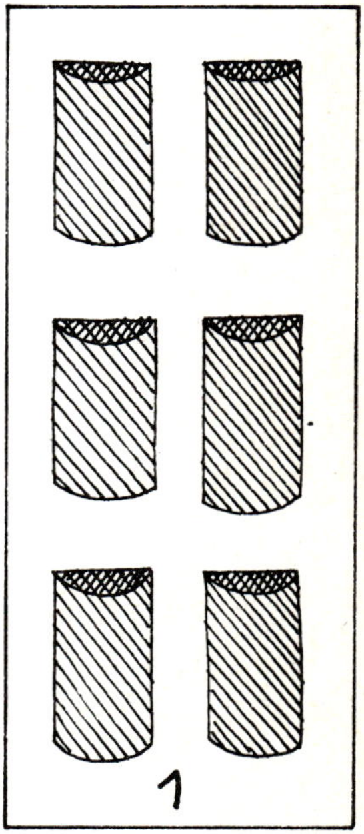

FOURNITURES A PRÉVOIR

- Un rectangle de feutrine de 54 cm × 65 cm.
- 2 bandes de feutrine de 21 cm × 96 cm.

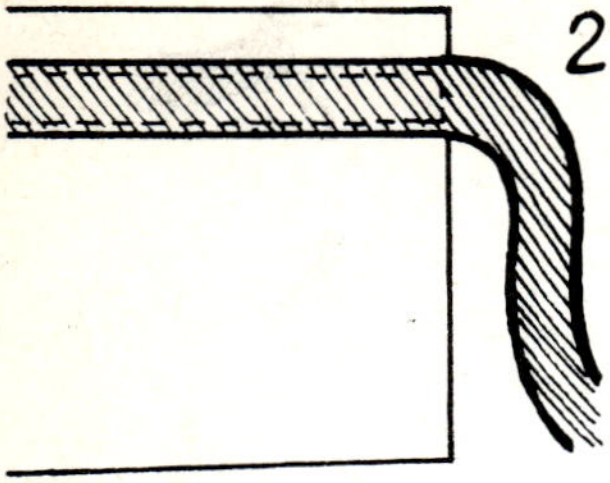
2

- Des restes de feutrine de différentes couleurs pour éventuellement décorer les poches.
- Fil assorti.
- 2 mètres d'extra-fort ou de ruban croisé.
- Un morceau de tourillon de 60 cm de long, de 2 cm de diamètre.
- Quelques anneaux métalliques.

RÉALISATION

- Sur l'envers des 2 bandes de rangement piquer à 5 mm du haut un ruban d'extra-fort afin de renforcer le haut des poches (2).
- Sur le rectangle de feutrine destiné au fond marquer le milieu de bas en haut à la craie tailleur.

Tracer la base des poches de rangement sur cette feutrine du fond.

Marquer sur la verticale l'emplacement des lignes de poches ainsi que les espaces entre elles.

- Marquer également le milieu des bandes de rangement.
- A partir de ce milieu former des plis ''religieuses'' qui donneront la profondeur des poches (3).

Les poches terminées ont environ 12 cm de large et les plis une profondeur de 3 cm. Il faut donc prévoir 15 cm environ entre les poches pour former les plis et laisser un petit espace (5 cm) entre chaque poche.

Marquer ces plis par des épingles.

- Si l'on souhaite décorer les poches le faire à ce moment là.

On peut s'inspirer de la photo, c'est-à-dire découper des formes représentant des extrémités de chaussures pointues, ovalisées ou

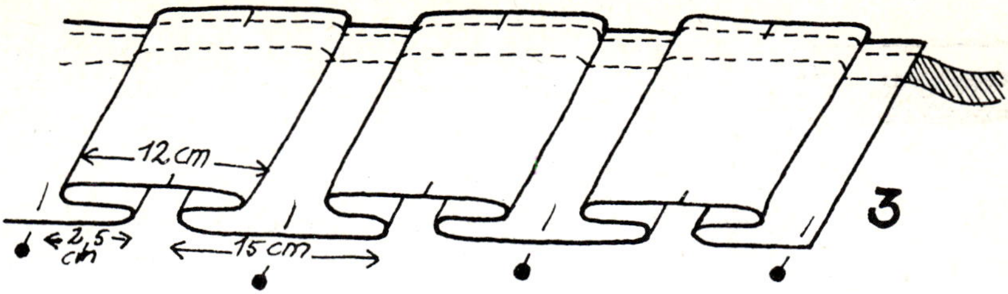

3

carrées, suivant l'imagination de chacun.

Pour obtenir des formes semblables, les découper suivant un gabarit préparé dans du bristol (le même pour toutes les chaussures).

Prévoir un décor différent pour chaque paire de chaussures.

A l'endroit, coudre à la main (ou piquer), avec du fil de la couleur du fond, les décors sur les chaussures découpées (il est recommandé de coudre, et non de coller, en raison de la fatigue que subira le range-chaussures).

● Epingler les bandes de rangement sur le fond en faisant bien coïncider les milieux. Bien épingler les plis "religieuses". Eventuellement bâtir si l'on n'est pas sûr de soi.

● Piquer horizontalement la base des poches.

Puis piquer les séparations dans le sens vertical et les côtés des poches (4).

● Sur le rectangle servant de fond, piquer un retour de 2 cm sur les côtés verticaux et un retour de 3 cm sur le côté horizontal supérieur.

● Enfiler dans le repli horizontal un morceau

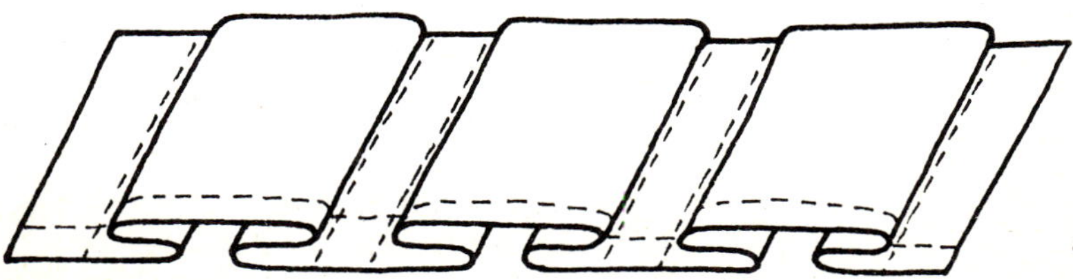

4

de tourillon de la longueur du fond — 2 cm (5).

Ce tourillon donnera de la rigidité à l'objet terminé.

● Coudre plusieurs anneaux métalliques au dos du range-chaussures pour pouvoir le suspendre.

LE COUSSINET DE NETTOYAGE

● Couper 2 carrés de feutrine de 10 à 12 cm de côté.

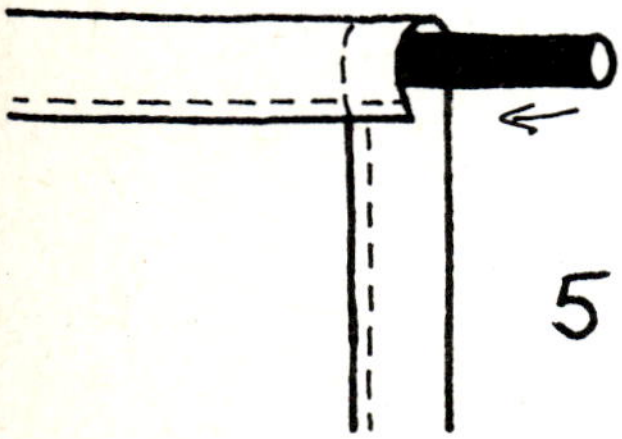
5

● Les assembler en piquant sur 3 côtés. Bourrer, fermer.

● Faire une tresse avec 3 bandes de feutrine de 150 cm de long et 1 cm de large.

● Fixer une extrémité de la tresse sur le range-chaussures et coudre le coussinet à l'autre.

LE NÉCESSAIRE A COUTURE

Avec une chaise d'enfant miniature ou de poupée (du type de ces chaises espagnoles en bois blanc que l'on trouve facilement), on réalisera un "nécessaire à coùdre" commode et inattendu.

C'est un gentil cadeau facile à faire pour la Fête des Mères ou pour toute autre occasion.

FOURNITURES A PRÉVOIR

● Se procurer une petite chaise chez un marchand de bois blanc, par exemple celle présentée ici fait 19,5 cm de haut.

● Une poignée de matériau de bourrage (ouate ou mousse plastique).

● Les éléments que l'on veut présenter sur

le nécessaire à couture : ciseaux, dé, poinçon, fusettes, etc.

- Fil assorti.

RÉALISATION

LE BANDEAU INFÉRIEUR

- Couper une bande de feutrine d'une longueur équivalant au tour de la base de la chaise + 1 cm pour le raccord, et d'une largeur équivalant à la hauteur désirée (ici 4 cm).

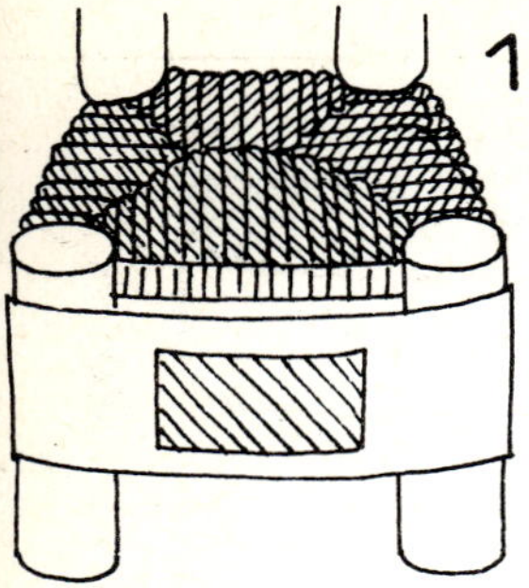

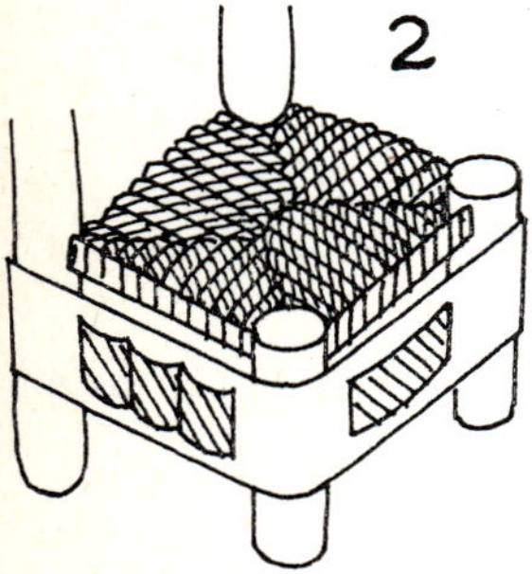

Placer cette bande autour des pieds de la chaise. L'épingler dans le dos.

● Marquer à la craie le milieu des 2 côtés et du devant.

● Dans une autre couleur de feutrine, découper une petite poche pour ranger boutons, agrafes, etc. L'épingler en place sur le devant (1).

● Pour les 2 autres côtés préparer 2 petites bandes qui serviront à présenter les fusettes de fil (prévoir 2,5 cm pour le support de chaque fusette). Les épingler (2).

● Oter la bande de la chaise et fixer à la machine ou à la main les divers supports :

piquer la poche sur les 2 côtés et le bas,

piquer verticalement les bandes porte-fusettes.

● Poser ce bandeau en place sur la chaise et maintenir solidement par une couture à la main effectuée au dos.

Remarque : Il est possible, comme sur la photo, de supprimer la poche du devant et de la remplacer par une troisième bande porte-fusettes.

LE BANDEAU DU DOSSIER

● Couper une bande de feutrine d'une longueur équivalant au tour du dossier de la chaise + 1 cm pour le raccord, et de 2,8 cm environ de large. Marquer le milieu.

● Dans une autre couleur de feutrine, couper une bande de 1 cm de large et de 20 cm de long environ. Marquer le milieu.

● Plier cette bande étroite pour former un nœud plat, en réservant un espace au centre pour placer les ciseaux (3).

Fixer ce nœud sur le milieu de la première

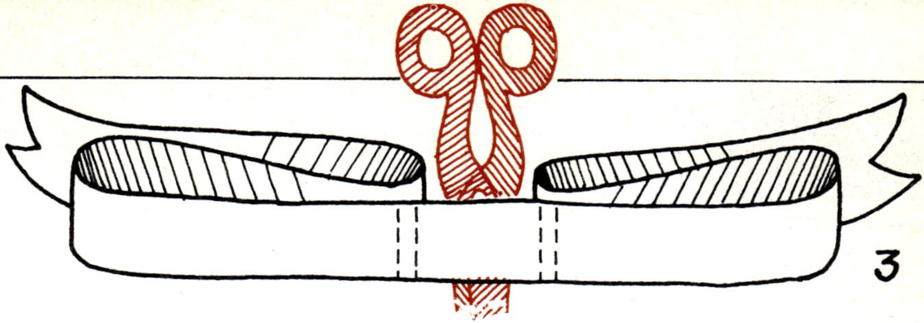

bande par 2 petites coutures de part et d'autre de l'emplacement des ciseaux.

- On peut éventuellement prévoir 2 autres emplacements derrière les boucles pour poinçon et passe-lacet.

- Poser ce bandeau et le coudre au dos comme celui du bas.

LE COUSSINET

- A l'aide d'un morceau de papier prendre le gabarit du dessus de la chaise. Bien appuyer afin de marquer les bords. Découper et vérifier. Marquer le milieu.

Découper dans une des couleurs de feutrine et marquer le milieu. Ce sera le dessous du coussinet.

- Pour la partie supérieure, prendre un moule de la largeur du gabarit (bouchon de parfumerie ou œuf en bois pour repriser, par exemple) et marquer le milieu.

Préparer un morceau de feutrine (d'une couleur différente de celle du fond du coussinet) dépassant d'environ 15 cm autour du gabarit. Le poser sur le moule et détendre la feutrine en tirant des 2 mains fortement vers le bas : elle va se bomber d'elle-même. Marquer le milieu.

Replacer le gabarit à l'envers sur le creux et découper.

- Epingler dessus et dessous en superposant les milieux.

Piquer en suivant le bord du dessous. Laisser un petit espace pour bourrer.

● Bourrer légèrement et fermer à la main ou à la machine.

● Couper le dessus à 2 mm environ de la piqûre.

● Avec une longue aiguille assez forte (aiguille à repriser, par exemple) fixer le coussin sur l'envers par 4 points au centre de la chaise en traversant le paillage. Bien arrêter le fil.

LA GALETTE DESSUS DE CHAISE

Voir sur la photo page 27.

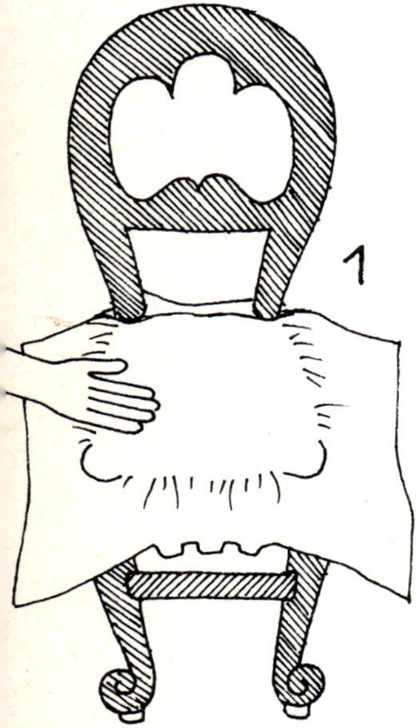
1

Faites vibrer la salle à manger ou n'importe quelle autre pièce avec des galettes placées sur les chaises ou tabourets et maintenues par de gracieux petits nœuds.

Elles serviront doublement, d'une part pour rendre le siège plus confortable, d'autre part pour cacher un dessus de siège abîmé ou taché.

On les décorera de fleurs ou de fruits, dont on pourra trouver de bons exemples dans un catalogue de grainetier ou tout simplement dans la nature.

FOURNITURES A PRÉVOIR

- Feutrine de différentes couleurs.
- Une plaque de mousse synthétique assez mince.
- Un peu de kapok.
- Un peu de papier kraft.
- Papier-calque.
- Fil assorti.

RÉALISATION

● Poser une feuille de papier kraft sur le dessus du siège à garnir. Bien appuyer avec la main pour prendre l'empreinte de sa forme (1).

Oter le papier et marquer le milieu d'un trait de crayon.

Choisir le côté qui semble le meilleur, marquer le contour d'un trait rouge, plier en 2 et découper sur ce trait.

Poser à nouveau la forme découpée sur le siège pour rectifier si besoin et pour marquer l'emplacement des rubans d'attache.

● Sur un calque reproduire le contour de la galette. Marquer le milieu.

● Y dessiner au crayon le motif de son choix, de préférence un motif ''en étoile'' s'arrêtant à 2 cm du contour (2).

On peut aussi s'inspirer du motif de la photo.

En définissant les détails du motif, penser à des superpositions de feutrine qui donneront du volume à la galette et éviteront des découpes.

● Dans la feutrine découper 2 fois la forme générale de la galette.

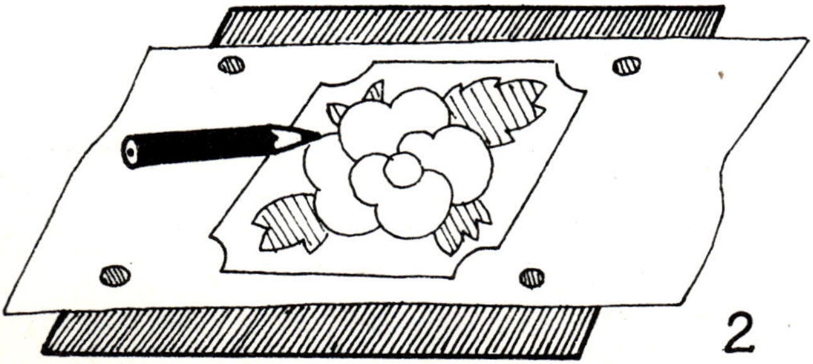

2

● Découper ensuite les éléments du motif.

Commencer par les grandes formes en pensant que les petites viendront se placer pardessus, maintenues par le fil de piqûre.

Les poser toutes sur un fond de feutrine et vérifier l'effet produit. Si le motif est trop lourd à l'œil, ne pas avoir peur de le couper en 2 ou 3 : des espaces seront ainsi créés, qui feront apparaître la couleur du fond et allègeront le dessin.

● Quand le résultat est satisfaisant, épingler les morceaux de feutrine sur le fond. Si l'on n'est pas sûr de soi, les bâtir minutieusement.

On peut les coller à l'aide d'un glacis (voir page 51) en mettant ensuite sous presse.

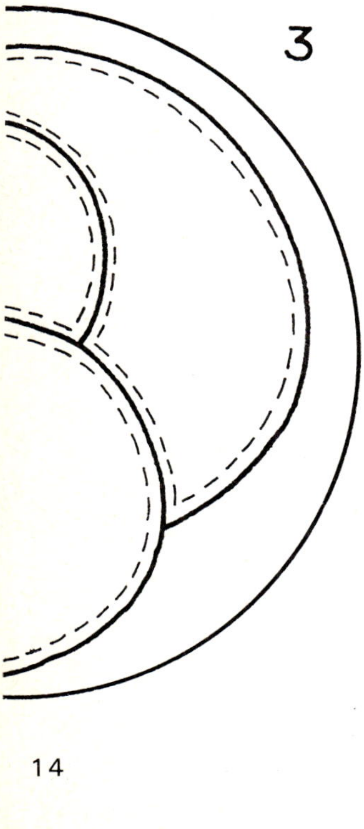

3

Mais comme les galettes sont appelées à beaucoup servir, il est préférable de piquer les motifs à la machine, avec du fil de la même couleur que le fond (3).

● Couper la fine feuille de mousse synthétique aux dimensions de la galette moins 1 cm tout autour.

● Epingler le dessus et le dessous de la galette en intercalant la feuille de mousse.

● Découper 8 rubans de feutrine de 1,5 cm à 2 cm de largeur et de 40 cm de long environ. Les intercaler dans la galette de chaque côté des angles.

● Piquer le tour de la galette en laissant une ouverture de 15 cm environ.

Compléter le bourrage par 1 ou 2 poignées de kapok afin de faire gonfler le dessus. Terminer la piqûre.

● Placer la galette terminée sur la chaise.

Croiser les rubans sur l'arrière du montant et les nouer sur l'endroit à l'aide de 2 boucles.

LA CORBEILLE A CHAT (OU A PETIT CHIEN)

Voir sur la photo page 37.

Voici une corbeille pour Dirk ou Minouche que l'on peut confectionner rapidement.

De plus, cette corbeille légère et pliante est facile à emporter en vacances.

FOURNITURES A PRÉVOIR

- Métrages de feutrine et chutes de différentes couleurs.
- Une grande feuille de carton gris ordinaire.
- Un peu de kapok ou d'autre matériau de bourrage.
- Fil assorti.

RÉALISATION

LE TOUR DE LA CORBEILLE

Les dimensions données ici le sont pour une corbeille à chat ou à petit chien. Pour un chien un peu plus grand, prendre au sol ses mesures d'encombrement lorsqu'il dort : largeur, longueur et hauteur, et adapter les données ci-dessus en conséquence.

- Dans la feuille de carton découper 2 bandes de 74 cm de long × 15 cm de large. Chaque bande représente 2 côtés (une largeur et une longueur) de la corbeille.

- Délimiter sur chaque bande le grand côté et le petit côté, et tracer dans le haut de chacune une découpe symétrique (1, page 16).

Sur le grand côté tracer également 2 obliques

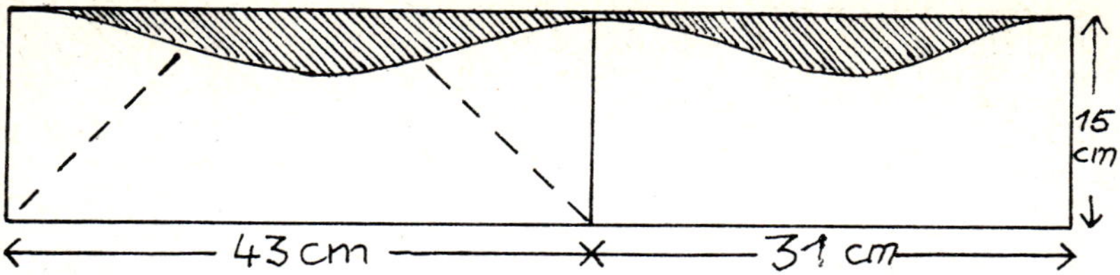

formant avec la base un angle de 45° environ.

A l'aide d'une règle et d'un Cutter repasser ces 2 obliques ainsi que le trait de délimitation des 2 côtés, en veillant à n'entamer que la moitié du carton. Ces incisions sont destinées à faciliter le pliage de la corbeille pour le rangement.

● Placer un des cartons entre 2 épaisseurs de feutrine en la faisant déborder de 2 cm environ sur les côtés et en haut, et de 6 cm dans le bas (2). Epingler au ras du carton (ou bâtir si l'on n'est pas sûr de soi). La feutrine doit être bien tendue des 2 côtés sur le carton, et la piqûre le plus près possible du carton.

● Répéter l'opération avec le 2e carton.

● Les décorer à votre gré en collant de façon symétrique des motifs simples.

Si l'on désire faire un travail plus ouvragé, coudre quelques motifs sur les feutrines d'extérieur de la corbeille avant le montage des cartons.

● Placer les 2 morceaux terminés l'un contre l'autre, endroit sur endroit. Bâtir avec du fil de la même couleur.

Piquer les 2 côtés (3) et arrêter les fils.

● Recouper soigneusement l'excédent de feutrine dans le haut et sur les côtés. Ne pas toucher à celui du bas.

● Retourner délicatement par étapes afin de ne pas casser le carton. Vérifier le pliage en le fermant.

2
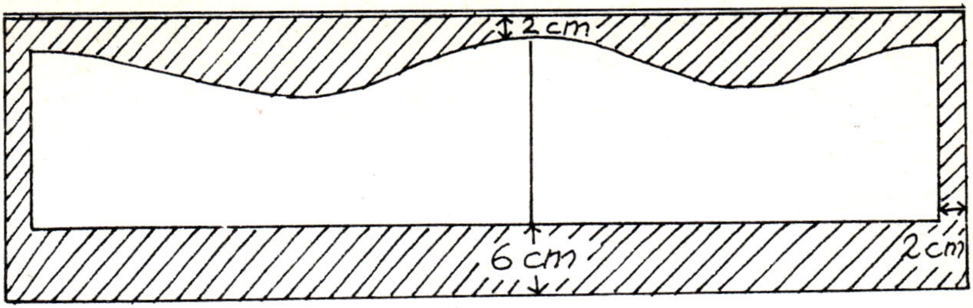

LE COUSSIN INTÉRIEUR

● Confectionner en feutrine un coussinet de la même dimension que le fond moins 1 cm (dans l'exemple donné, 42 cm × 30 cm).

3
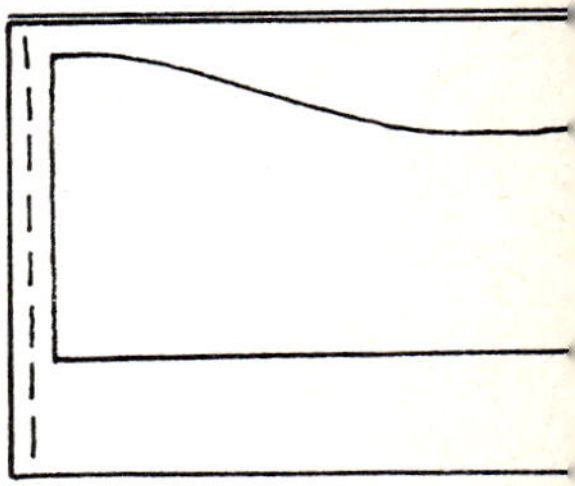

Le bourrer avec des petits morceaux de laine coupés à la hâte ou du kapok.

● L'introduire entre les 2 épaisseurs de feutrine des 4 côtés (4).

● Epingler sur le coussin les rebords de feutrine intérieurs.

Le coudre à points coulés avec du fil au chinois.

Couper le surplus des 4 angles.

4
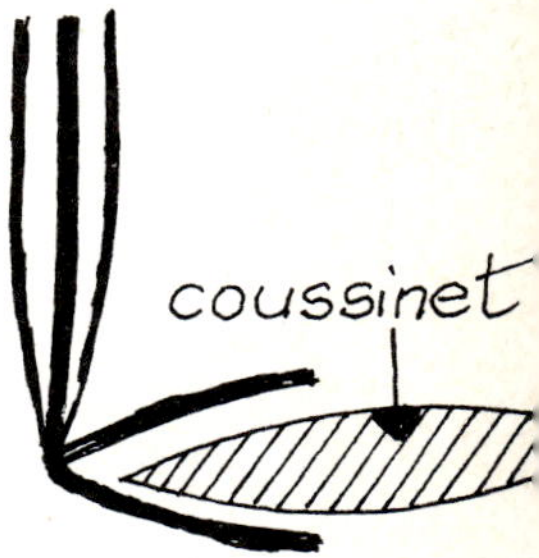

● Répéter l'opération sur le fond extérieur.

● Rabattre les angles de la corbeille afin de former les 4 pliures (5). Mettre sous presse pendant une heure.

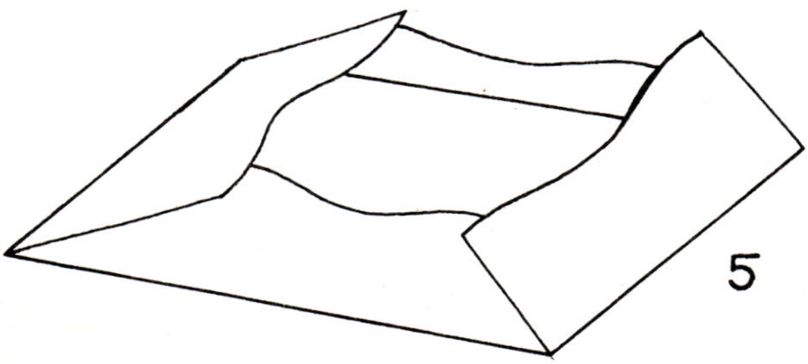

5

LE TAPIS DE TABLE

Voir sur la photo page 31.

Celui que nous vous proposons est tout à fait au goût du jour puisqu'il se compose de 2 nappes superposées, les découpes de celle du dessus permettant de voir la couleur de celle du dessous.

FOURNITURES A PRÉVOIR

- 2 métrages de feutrine selon la table à recouvrir.
- Des emporte-pièces (se trouvent facilement dans les magasins de bricolage). Ici on a utilisé des emporte-pièces de 3, 12 et 22 mm de diamètre.
- Un marteau ou un maillet.
- 2 grandes feuilles de papier kraft.
- Papier-calque fort.

RÉALISATION

- Commencer par calculer les dimensions du tapis, soit dessus de la table + retombées. Si l'on veut cacher des pieds disgracieux les retombées viendront effleurer le sol. Sinon prendre une dimension normale, c'est-à-dire à peu près la hauteur d'un siège normal posé près de la table (1).

Cette dimension vaut pour la nappe de dessous. Celle du dessus aura 10 cm de moins.

- Sur une grande feuille de papier kraft, tracer le quart de la nappe du dessous et la diagonale de l'angle (2).

Rechercher le tracé d'une découpe ; s'inspirer pour cela d'un papier-dentelle de pâtissier ou du décor d'un vieux jupon (voir quelques exemples sur les croquis 2A et 2B). Ne tra-

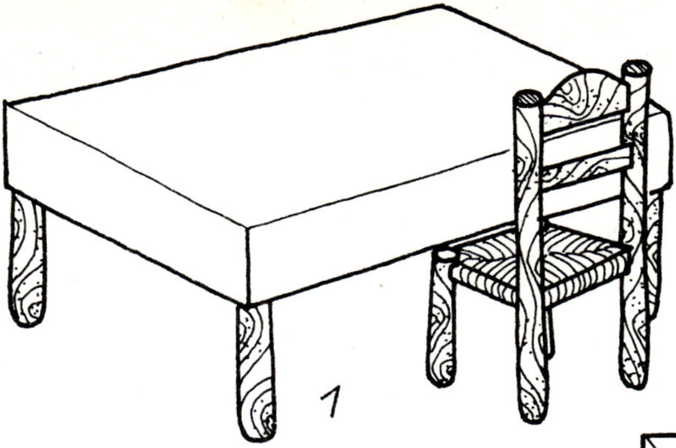

1

vailler que d'un côté de la diagonale. Le reporter de l'autre côté.

● Faire le même travail pour la nappe du dessus. Les 2 tracés peuvent se répéter ou, au contraire comme ici, être différents pour former contraste (3 p. 20).

● Découper et superposer les 2 gabarits de papier et chercher le motif des découpes intérieures en dessinant des ronds de différents diamètres. Naturellement les motifs se répètent régulièrement dans les mêmes festons (3).

● Mettre 1 ou 2 motifs au propre sur une feuille de calque fort, et percer à l'aide d'une aiguille à tricoter le centre de chaque cercle.

● En utilisant le premier gabarit de papier kraft, tracer sur la feutrine à la craie le contour des festons.

● Puis se placer sur une surface solide et peu fragile (une grande planche, par exemple). Maintenir par des punaises une partie de la nappe.

Poser en place sur les découpes le calque du motif.

A l'aide d'un crayon bien taillé, marquer un

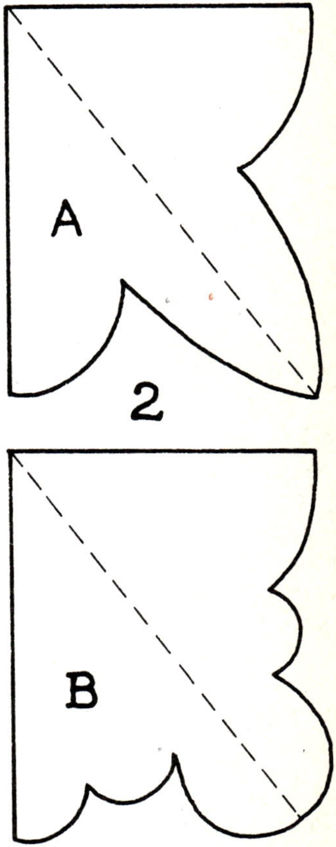

2

point dans chacun des trous (indiquant le centre des cercles à découper) et retirer le calque.

Prendre l'emporte-pièces du diamètre correspondant et le centrer sur le repère. Bien l'appuyer et à l'aide d'un marteau frapper fort un coup sec (4) ; le rond de feutrine est correctement découpé, et l'on a obtenu un cercle parfait.

Répéter l'opération pour tous les trous du motif, et ce pour les 2 nappes.

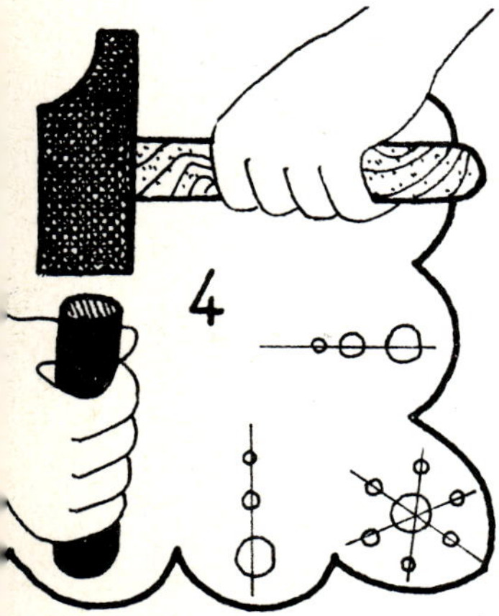

ASSEMBLAGE

● Placer bien à plat sur une grande table (ou par terre) la grande nappe du dessous. Placer dessus la plus petite bien centrée.

Epingler surtout au centre.

● Mettre la nappe en bonne position sur la table à couvrir. A l'aide d'une craie marquer le bord de la table.

● Oter la nappe, la poser bien à plat et marquer l'emplacement de 1 ou 2 traits de piqûre à 5 cm environ à l'intérieur du tracé du bord.

● Piquer avec du fil de même couleur que la nappe du dessous (5).

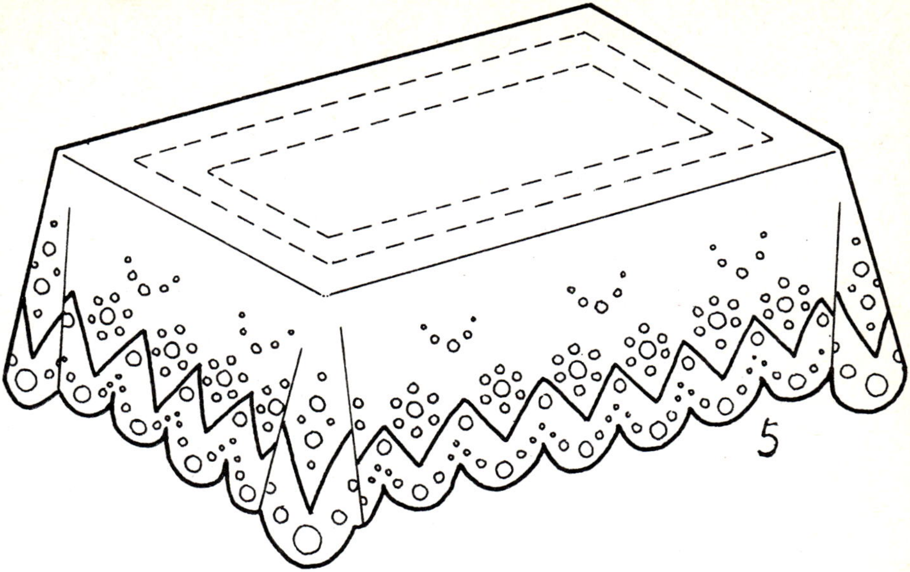

LE NÉCESSAIRE A COUVERTS

Voir sur la photo page 31.

Où ranger ces couverts encombrants qui servent 3 fois par an, aux grandes occasions ? Dans un coffret ?... cela prend beaucoup de place. Voici un nécessaire qui fera bien l'affaire !

La feutrine foncée les empêchera de ternir, au cas où ils seraient en métal précieux.

Décoré d'une jolie initiale, il sera un agréable cadeau pour la Fête des Mères. Garni, il fera un cadeau de mariage original et pratique.

FOURNITURES A PRÉVOIR

- 2 bandes de feutrine de 28 cm × 90 cm de long environ.
- Du biais tout préparé (métrage déterminé en fonction du nombre de couverts à ranger).

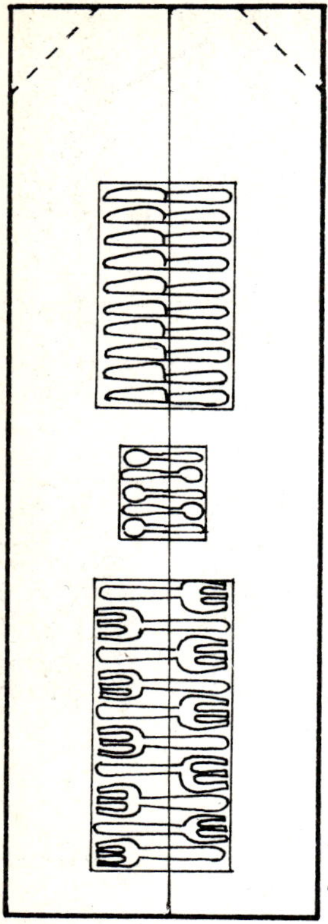

1

● Papier quadrillé.

● Règle graduée.

● Fil assorti.

RÉALISATION

La dimension de la bande de feutrine est donnée ici à titre d'indication. Selon le nombre de couverts que l'on désire ranger, sa longueur pourra varier.

LA PARTIE RANGEMENT

● Etaler l'une des bandes de feutrine sur une table.

Tracer à la craie une ligne médiane dans le sens de la longueur (1).

● Placer les couverts perpendiculairement à cette ligne en recherchant la disposition la plus pratique selon leur forme : côte à côte ou tête-bêche, pour gagner de la place.

Naturellement les couverts sont placés par catégorie: couteaux, cuillers, fourchettes, petites cuillers (1).

● Une fois la bonne disposition trouvée, tracer autour des couverts, toujours à la craie, des rectangles qui délimiteront leur encombrement.

● Reporter les dimensions de ces rectangles sur du papier quadrillé.

Sur ce papier délimiter à la règle graduée l'encombrement de chaque élément. Afin de bien répartir les espaces entre eux, mesurer et reporter ces mesures régulièrement sur la feutrine.

● Piquer 2 biais l'un sur l'autre en calculant largement la longueur nécessaire.

● Epingler ces biais sur les repères portés sur la feutrine. Rentrer leurs extrémités.

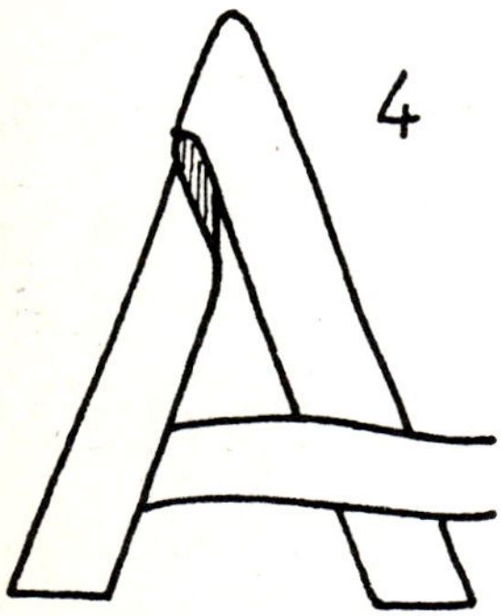

4

Eventuellement vérifier en replaçant les couverts (2).

● Piquer les biais en créneaux (3) ou, si l'on n'est pas trop pressé et si la machine possède la marche arrière, exécuter des points arrière.

DÉCORATION EXTÉRIEURE ET MONTAGE

● On peut décorer le rabat du nécessaire à couverts de l'initiale de la personne à qui il est destiné, ou tout simplement d'un ''A'' pour ''Argenterie''.

Marquer le milieu du second morceau de feutrine.

Sur un papier dessiner ''A'' (ou toute autre lettre choisie) en caractère bâton.

Plier le biais sur le modèle (4). Aplatir les plis et les rentrés au fer chaud. Bâtir en place et piquer tout autour.

● Plier en 2, selon la largeur, 2 longueurs de 50 cm de biais pour faire les rubans d'attache. Les piquer.

● Donner une forme agréable au rabat : couper les angles ou les arrondir. Bien découper la forme dans les 2 bandes de feutrine.

● Epingler ou bâtir ensemble les 2 pièces de feutrine.

● Les piquer tout autour sur le dessus à 5 mm du bord.

● Poser à cheval le biais sur cette couture. Faire un petit rentré aux extrémités et plier dans les angles.

Piquer tout autour en ayant soin de prendre dans la piqûre, au milieu du rabat, les 2 rubans d'attache (5).

Présenter roulé, garni ou non, en fermant avec un joli nœud à boucles.

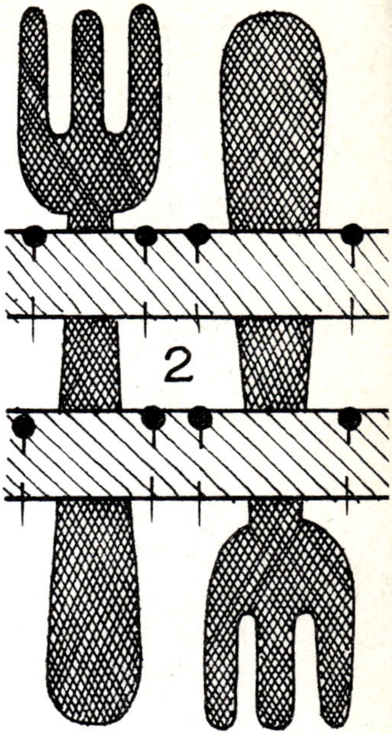

3

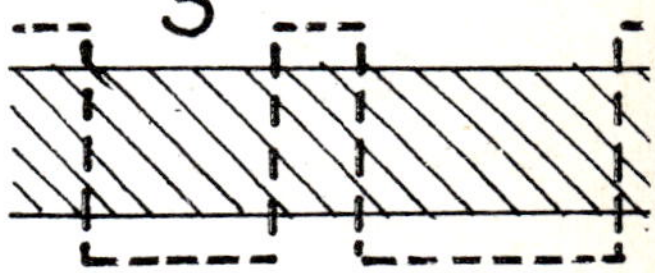

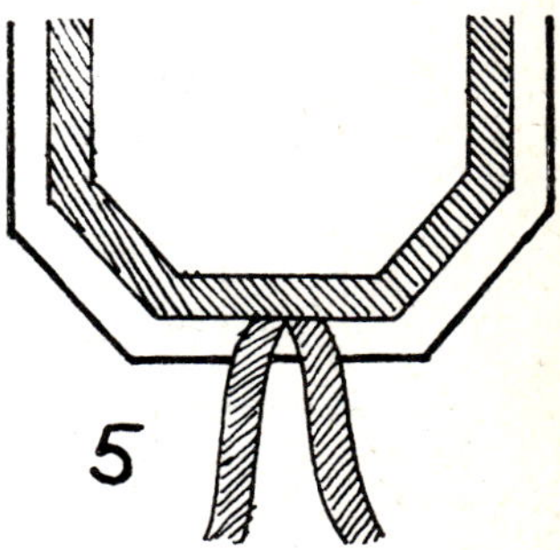

LA POUPÉE RANGE-PYJAMA

Voir sur la photo ci-contre.

Souriante et toujours de bonne humeur, cette poupée de lit sera une amie pour votre fille ou petite-fille. Elle connaîtra tous ses secrets et lui tiendra compagnie au retour de l'école.

Chemise de nuit ou pyjama se range dans le corps de la poupée, en l'introduisant par une fente située au dos, sous les cheveux, à la hauteur des épaules.

FOURNITURES A PRÉVOIR

- 2 rectangles de même feutrine de 55 cm × 40 cm pour le corps de la poupée.
- 4 ou 5 rectangles d'environ 22 cm × 28 cm pour la chevelure.
- Des chutes de feutrine et de cotonnade plus ou moins importantes pour le visage, les mains, les jambes et le décor de la robe.
- Papier kraft.
- Papier-calque.
- Un peu de kapok.
- Fil assorti.

RÉALISATION

LE PATRON

- Rechercher une gamme de couleurs de feutrine en pensant d'une part à la teinte chair des mains et du visage et aux cheveux, et d'autre part à l'accord nécessaire avec les chutes de cotonnades existantes. L'ensemble doit être coloré mais harmonieux.
- En s'inspirant de la photo et du croquis 1, sur du papier kraft dessiner une grande poupée, très simplifiée, jambes et bras tendus,

1

d'une hauteur d'environ 62 cm. La largeur des bras et celle des jambes doit être sensiblement la même.

Le cou est inexistant.

La chevelure doit être importante: les enfants aiment toujours coiffer.

● Sur cette forme dessiner le visage, les mains, les pieds et les décorations de la robe (découpes, poches, boutons...).

Ce dessin de base servira de patron général et de guide pour la suite du travail.

- A l'aide du papier-calque, relever séparément les patrons de la chevelure et du visage.
- Découper la silhouette de la poupée.

Couper les jambes au ras du bas de la jupe, et les mains au ras des manches.

COUPE ET MONTAGE

- Poser le patron sur un des grands rectangles de feutrine. Epingler et couper sans prévoir de couture.

Ce sera le devant. Marquer le milieu à la craie.

- Découper la forme du visage.
- Effectuer la décoration de la robe. En relevant les formes à l'aide de papier-calque, préparer les différents patrons.

Découper telles les différentes applications en feutrine.

Couper les applications en cotonnade en prévoyant, selon leur emplacement, un rentré sur 2, 3 ou 4 côtés. Préparer ces rentrés et les aplatir au fer.

Epingler toutes les applications en suivant le patron.

Commencer par le bas de la jupe et terminer par la tête. Toutes les pièces viendront les unes sur les autres (comme des tuiles sur un toit), cachant ainsi les effilochures des cotonnades, dont le 4e côté n'aura pas été rembordé.

Piquer avec du fil de la même couleur que la feutrine dominante.

- Sur le modèle présenté ici, le col, le bas des manches et de la jupe, et le haut des poches sont décorés de "dentelles" en feutrine. Ces dentelles se découpent à l'aide d'un ciseau Wonder : maintenir une bande de

2

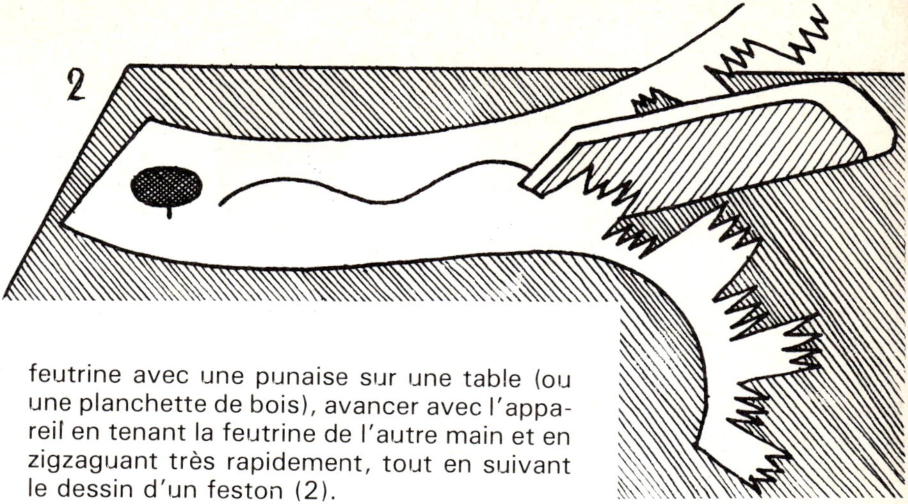

feutrine avec une punaise sur une table (ou une planchette de bois), avancer avec l'appareil en tenant la feutrine de l'autre main et en zigzaguant très rapidement, tout en suivant le dessin d'un feston (2).

Les mettre en place et les piquer également.

● D'après les patrons coupés sur le patron principal découper 4 mains et 4 jambes en prévoyant 2 cm de plus dans le haut pour pouvoir inclure ces éléments entre les 2 corps (3).

● Découper les chaussures et les épingler sur 2 des jambes (attention au sens !). Piquer tout autour en laissant le haut ouvert pour le bourrage.

Bourrer légèrement.

Bâtir les jambes sous le corps en tenant compte du milieu.

● Piquer le tour des mains. Si on le désire, on peut aussi les bourrer très légèrement.

Bâtir les mains avec du fil de la même couleur que celui de la machine, ce qui évitera de débâtir.

● Epingler le devant de la poupée sur le second rectangle de feutrine.

Piquer à 5 mm tout autour en prenant toutes les épaisseurs et en passant sur les fils de bâti des jambes et des mains.

3

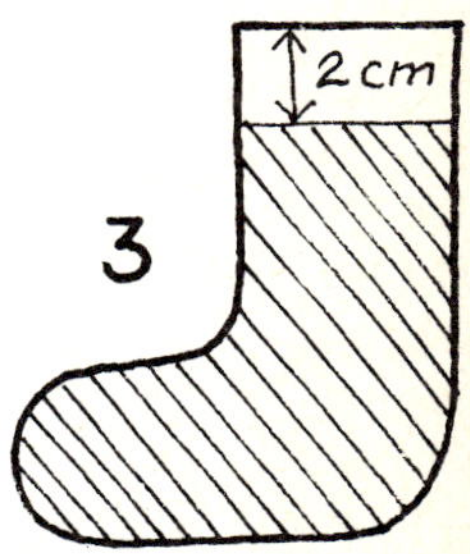

● Enlever les épingles et couper toutes les épaisseurs en s'alignant sur celle de la poupée décorée.

LA CHEVELURE

● Epingler sur la feutrine le calque du contour général de la chevelure et découper 3, 4 ou 5 fois.

Si cela est possible, il est amusant d'utiliser 2 ou 3 feutrines de couleurs légèrement dégradées : cela anime la chevelure.

● Superposer les différentes épaisseurs en les décalant par le haut de 2 à 3 cm et piquer en rond sur ce qui sera le haut du crâne (4).

● Couper en fines lamelles de 5 mm de large jusqu'à la hauteur de la frange et faire une frange plus étroite sur le front.

En relevant les épaisseurs de feutrine, piquer la dernière sur la tête de la poupée.

LE VISAGE

● En s'inspirant du croquis 5 découper et préparer 2 yeux, 2 petites narines (à découper avec un petit emporte-pièces) et une bouche.

4

5

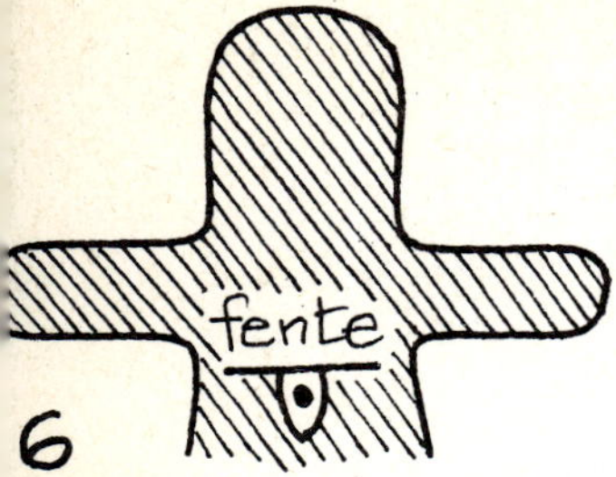

6

● Tracer à la craie le milieu du visage et placer ces différents éléments.

Attention, plus les yeux seront écartés plus ils paraîtront enfantins et rieurs.

Ne pas placer la bouche trop bas.

Entre, poser les 2 trous de nez.

Répéter l'opération plusieurs fois si l'expression n'est pas satisfaisante. Lorsque celle-ci est obtenue, coller en place.

● Ebouriffer les cheveux.

Pour pouvoir utiliser la poupée range-pyjama, sur l'envers fendre la feutrine à la hauteur des épaules, en s'arrêtant à 2 ou 3 cm des bords (6).

Coudre une bride en feutrine et un bouton au milieu de la fente, pour réaliser la fermeture.

LA POCHETTE A COURRIER

Intéressante cette pochette à courrier en feutrine, pliante et sans poids, accrochable et boutonnable sur le devant. De plus, elle est amusante avec son timbre géant qui forme poche sur le devant.

FOURNITURES A PRÉVOIR

● Une chemise de bureau en carte couchée.

● Une bande A de feutrine de 105 cm × 33 cm.

● Un rectangle de même feutrine de 30 cm × 40 cm pour découper les rabats.

● Un rectangle de 15 cm × 35 cm de feutrine de couleur assortie pour décorer le rabat.

● Un rectangle de 22 cm × 15 cm de feutrine blanche.

● Un rectangle de même dimension de satinette.

● Des restes de feutrine de différentes couleurs pour le timbre.

● 2 gros boutons de bois de 25 mm de diamètre.

● Un emporte-pièces de 10 mm de diamètre.

● Colle pour tissu.

● Un peu de bristol léger.

● Règle et équerre.

● Papier-calque.

● Une grande feuille de papier kraft.

● Fil assorti.

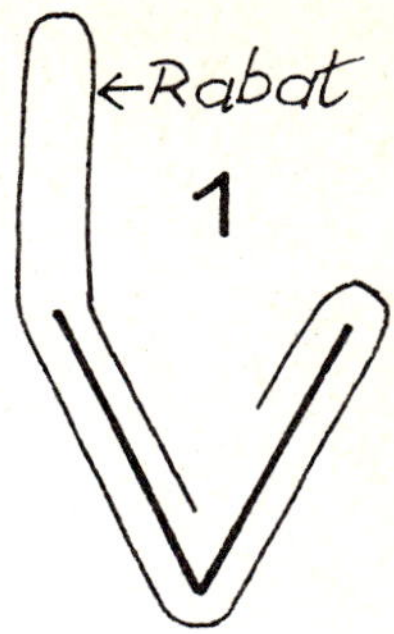

RÉALISATION

Cette pochette à courrier est réalisée à partir de la chemise de bureau qui est garnie d'une longue bande de feutrine repliée pour former le rabat et venir garnir l'intérieur. Voir le croquis 1 qui montre l'objet en coupe.

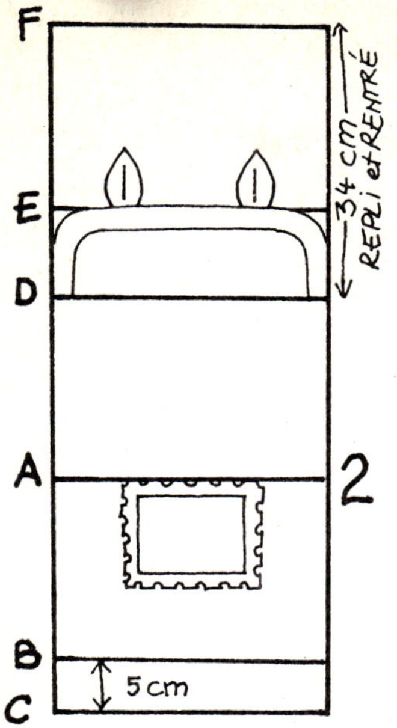

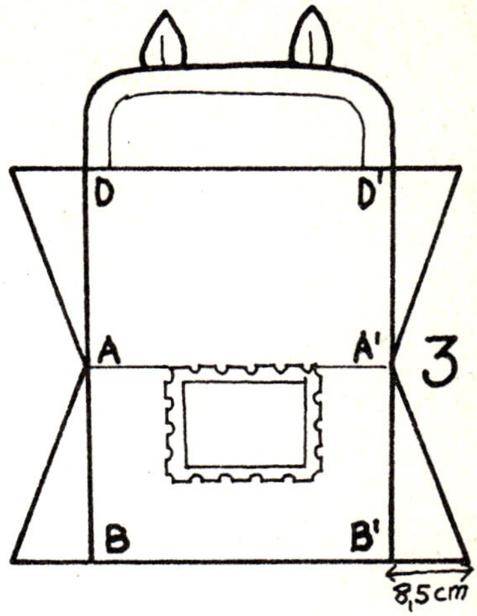

2 soufflets sont ajoutés de part et d'autre. Ils ferment la pochette.

LE PATRON

- Ouvrir la chemise et la poser sur une feuille de papier kraft (2). Tracer le contour.
- A l'aide d'une règle et d'une équerre tracer tous les plis : le pli central du bas A,

le pli du rentré de l'avant B,

la limite de ce rentré C (5 cm environ),

le pli du rabat D,

le pli du repli du rabat E,

la limite F du centre de ce rabat.

- Dessiner la découpe du rabat et son ornement, qui fait 2,5 cm de large.
- Pour obtenir les soufflets, prolonger les lignes B et D de part et d'autre de 8,5 cm et

réunir par un trait aux extrémités de la ligne A (3 p. 35).

● Découper, plier et essayer sur la chemise. Laisser en attente.

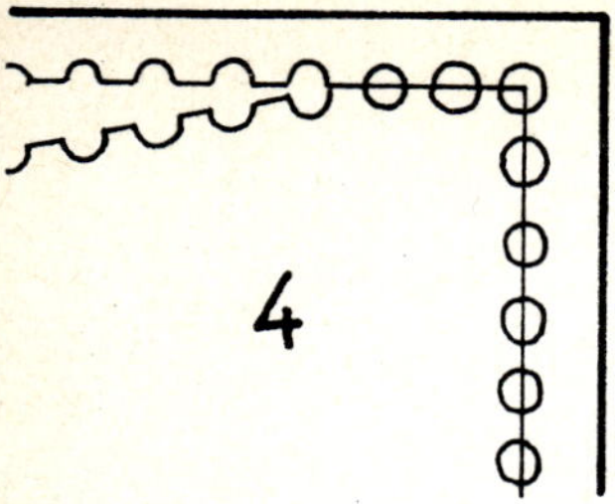

4

LE TIMBRE

● Sur la feutrine blanche, tracer un rectangle de 18,5 cm × 12 cm.

Sur ce trait, à l'aide de l'emporte-pièces, percer tout autour des trous espacés de 5 mm environ (4). Puis couper sur le trait : on obtiendra ainsi la découpe d'une dentelure de timbre.

● Pour le décor du timbre, s'inspirer de la photo ou choisir un timbre en largeur ayant un motif assez abstrait ou linéaire (il sera ainsi plus facile à reproduire qu'un paysage ou un monument).

Sur un papier-calque, l'agrandir à la dimension du rectangle.

● Avec un ou plusieurs autres calques relever au crayon rouge les traits définitifs.

● Découper les formes retenues dans des petits morceaux de feutrine.

Coller ces morceaux en place et mettre sous presse.

● Doubler le timbre d'un morceau de satinette.

LA POCHETTE

● Oter les soufflets du gabarit en papier kraft.

● Poser le gabarit sur la feutrine. Marquer à la craie les contours et les pliures.

● Couper 4 triangles pour faire les soufflets.

● Découper le gabarit en papier kraft pour

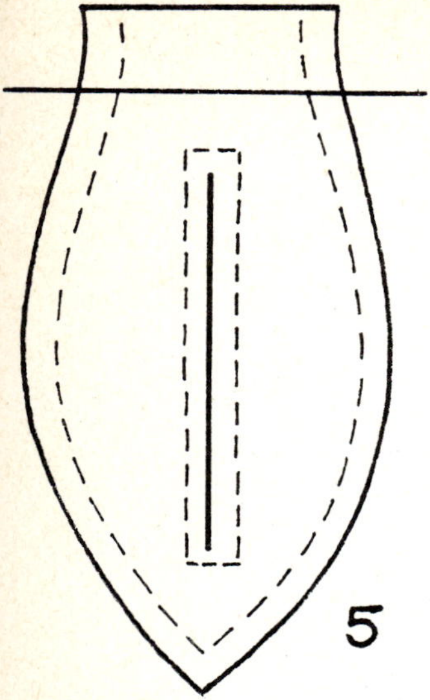

5

obtenir le patron de la découpe de la bordure du rabat.

Découper celle-ci dans la feutrine.

● Dans les chutes de feutrine couper les 2 boutonnières d'après le croquis 5 qui les donne à taille exacte. Faire une fente de 3 cm au milieu de celles-ci.

Les piquer tout autour et autour des fentes.

● Déterminer l'endroit de la grande bande de feutrine.

Marquer les pliures au fer.

● Bâtir la découpe au rabat en ayant soin au préalable d'épingler les 2 boutonnières bien symétriquement par rapport au milieu entre la feutrine pliée et cette découpe.

● Recouper les angles de la grande bande d'après la découpe du rabat.

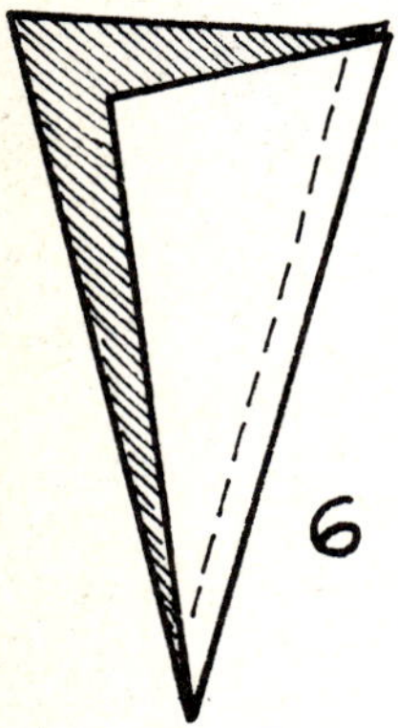

6

● Effectuer les différentes piqûres avec un fil de la même couleur pour toute la pochette. Piquer intérieurement au trait, plutôt juste.

Piquer le timbre comme une poche sur 3 côtés, en le plaçant bien au milieu, à 3 cm environ de la pliure A.

Piquer le tour de l'ornement du rabat.

● Piquer les soufflets 2 par 2 (6).

Les mettre en place dans la pochette pliée et piquer de chaque côté des soufflets.

● A l'aide du patron de la découpe, préparer un morceau de bristol léger et le glisser dans le rabat pour lui donner un peu de corps.

● Introduire la chemise de carte couchée, pliée à contre-sens, dans le repli du devant. Elle doit entrer un peu en force (la feutrine lui donnera la place nécessaire pour son encombrement).

● Rabattre l'excédent de feutrine du rabat sur l'intérieur de la chemise et coller.

- Plier la pochette. La repasser bien à plat, avec une feutrine pour isoler du fer à repasser bien chaud.
- Vérifier les épaisseurs et échancrer au besoin dans les 2 creux de la pliure.
- Arrêter les fils.

Coudre les boutons (pas trop serrés) en laissant un jeu de 5 mm.

LA CHANCELIÈRE

Voir sur la photo page 37.

La chancelière est un peu oubliée, et pourtant son confort est indéniable, entre autres pour les personnes qui restent longtemps assises.

Elle sera le plaisir des frileux, et un charmant cadeau à l'occasion de la Fête des Mères ou des Grands-Mères !

1

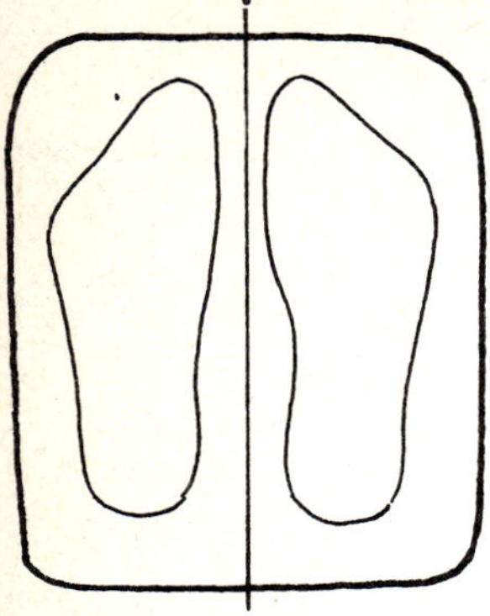

2

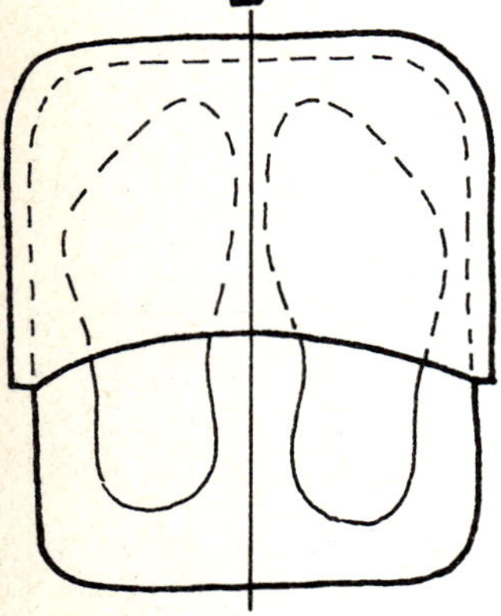

FOURNITURES A PRÉVOIR

- 4 rectangles de feutrine de 45 cm × 40 cm.
- 2 rectangles de 35 cm × 40 cm (dimensions à moduler suivant la pointure de la personne à qui est destinée la chancelière).
- Des chutes de feutrine de différentes couleurs pour la décoration.
- Un morceau de vraie (ou de fausse) fourrure de 40 cm × 35 cm. On peut utiliser des restes de vêtement de fourrure abîmé, ou acheter de la fausse fourrure synthétique vendue au mètre.
- Une aiguille à pointe triangulaire (dans les merceries).
- Une grande feuille de papier kraft.
- Colle pour tissu.
- Passe-lacet ou grosse épingle de nourrice.
- 75 cm de ficelle (ou de ruban étroit).
- Fil assorti.

RÉALISATION

LE PATRON

Pour que la chancelière soit adaptée à la pointure de la personne à qui elle est destinée, procéder de la façon suivante :

- Poser les 2 pieds légèrement écartés sur une grande feuille de papier kraft, à droite et à gauche d'une ligne médiane tracée préalablement.

Tracer légèrement le contour des pieds.

Tracer un trait à 5 cm environ autour de la silhouette des 2 pieds : cela donnera la forme générale de la semelle de la chancelière (1).

Préciser ce trait au crayon rouge d'un côté de

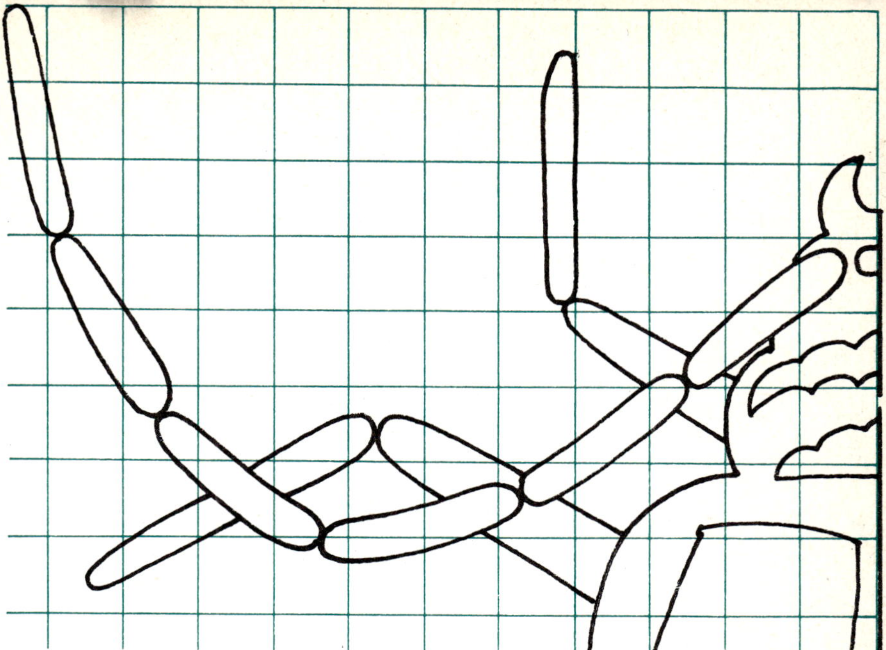

la ligne médiane. Plier le papier sur la ligne médiane et découper selon le trait rouge.

● Pour obtenir le patron de la forme du dessus poser une feuille de papier-calque sur le patron précédent.

Tracer une ligne qui passe en arrondi sur le dessus des pieds, et tracer le contour extérieur à 4 cm au-delà de celui de la semelle (2). Découper.

● Découper en feutrine 2 fois le patron du dessus et 4 fois celui du dessous.

LA DÉCORATION

La chancelière est décorée d'un joli insecte réalisé en application de feutrine collée.

● On peut utiliser, en l'agrandissant, le dessin ci-contre, ou inventer une autre décoration sur le même sujet en s'inspirant d'un

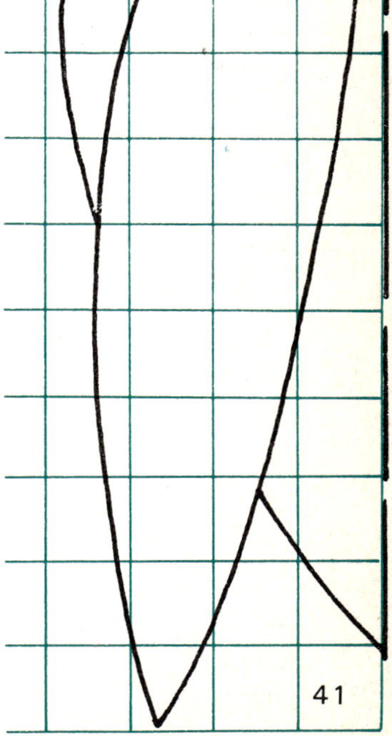

livre d'histoire naturelle.

● Découper les différentes pièces qui constituent le corps de l'insecte dans des chutes de feutrine.

● Marquer à la craie le milieu d'une des formes du dessus. Coller dessus, en centrant bien, le corps puis les ailes de l'insecte.

● Terminer par les découpes qui décorent le thorax, puis les pattes et les élytres réalisées en différentes petites pièces. Mettre sous presse.

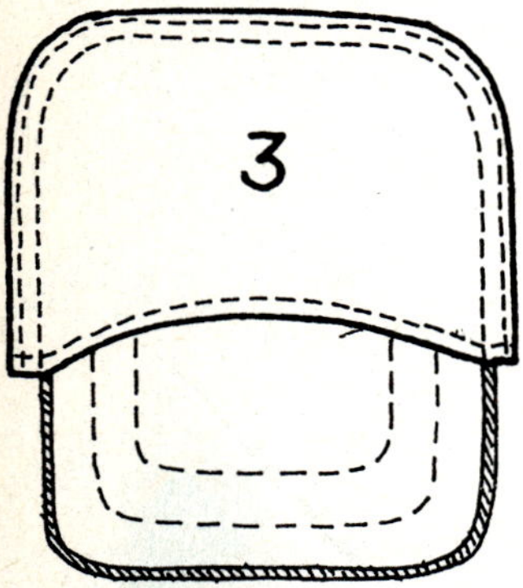

MONTAGE

● Epingler les 2 dessus l'un sur l'autre.

Tracer à la craie 2 traits parallèles sur l'endroit à 1 cm puis à 3 cm du bord du contour extérieur (3). Piquer sur le trait avec un fil de la couleur de la feutrine.

Faire une seule piqûre à 3 mm du bord tout autour des 2 épaisseurs.

● Assembler les 4 épaisseurs de la semelle par 2 ou 3 tours de piqûre exécutés en escargot à 4 cm du bord.

● Avec un passe-lacet (ou une épingle de nourrice) enfiler un long morceau de ficelle ou un vieux ruban.

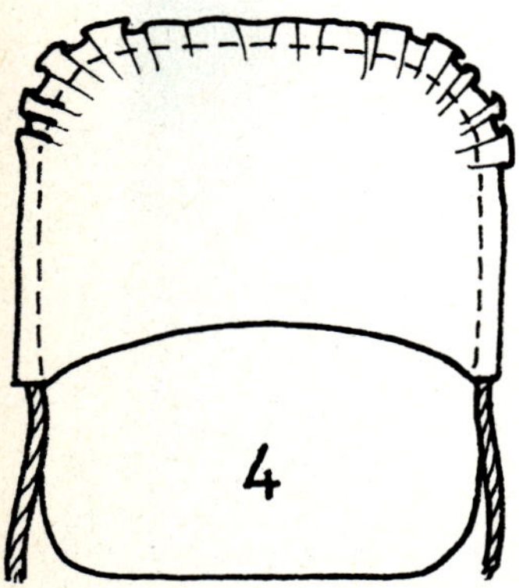

Le faire coulisser entre les 2 coutures du dessus en laissant dépasser un morceau des 2 côtés afin de donner, en tirant, du bombé à la partie supérieure de la chancelière (4). Faire cette opération en posant le dessus sur la semelle pour bien répartir les fronces de chaque côté.

Epingler et piquer 2 fois pour plus de solidité. Couper la ficelle.

● Coudre à grands points la fourrure sur le bord intérieur de l'arrondi du dessus, en ménageant un joli retour sur l'extérieur.

objets décoratifs et ameublement

LE DOSSERET A POCHES

Voir sur la photo page 46.

En effet, ce sont des poches plus ou moins grandes qui ornent ce dosseret de lit. On y rangera : revues, livres de poche, médicaments, bijoux, montre, lunettes, etc.

Il sera bien pratique dans une chambrette où il n'y a pas suffisamment de place pour une table de nuit, la lampe de chevet étant en applique au-dessus du lit.

FOURNITURES A PRÉVOIR

- Un dosseret de lit existant, ou acheté dans le commerce, ou encore découpé dans du contre-plaqué (en ce cas prévoir une épaisseur de 10 mm pour un petit lit et 22 mm pour un grand).
- Un métrage de molleton équivalant à la surface du dosseret + 15 cm au minimum en hauteur et en largeur.
- Un morceau de toile solide de même dimension pour cacher le dos du dosseret.
- Métrages de feutrine en fonction du dosseret à recouvrir et des décors à effectuer.
- De l'extra-fort ou du vieux ruban.
- Une agrafeuse à tissu.
- Un grand morceau de papier kraft.

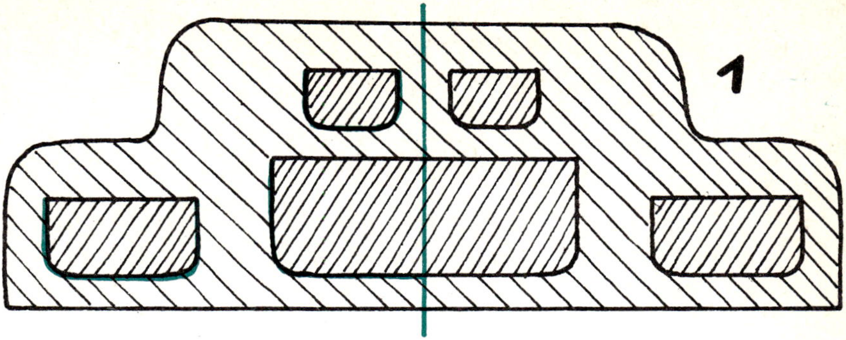

- Papier-calque.
- Fil assorti.

RÉALISATION

- Relever l'encombrement du dosseret en plaçant le papier kraft dessus. Se servir des légères lignes qui apparaissent dans le papier pour guider le tracé.

Marquer le milieu à la craie et dessiner des poches carrées et rectangulaires.

Retenir la moitié la plus réussie et la repasser au marqueur rouge (1).

- Avec du papier-calque dessiner au crayon sur chaque type de poche des motifs bien choisis : motifs sur le rêve ou la nuit par exemple, ou encore se rapportant à la tapisserie de la chambre.

Choisir la couleur des motifs et coller des petits morceaux de feutrine sur chacun, pour bien équilibrer les couleurs et servir de guide pour la suite du travail.

- Découper les poches dans la feutrine correspondante en comptant un rabat intérieur de 5 cm.

Pour renforcer ces poches, piquer un extrafort avec du fil de la même couleur que la feutrine sur le bord à rabattre (2).

2

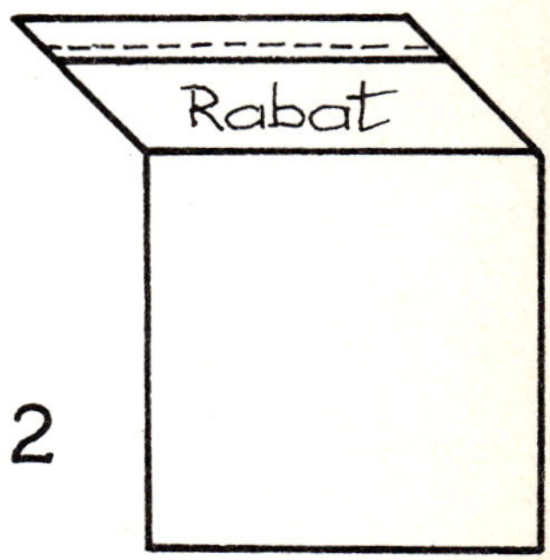

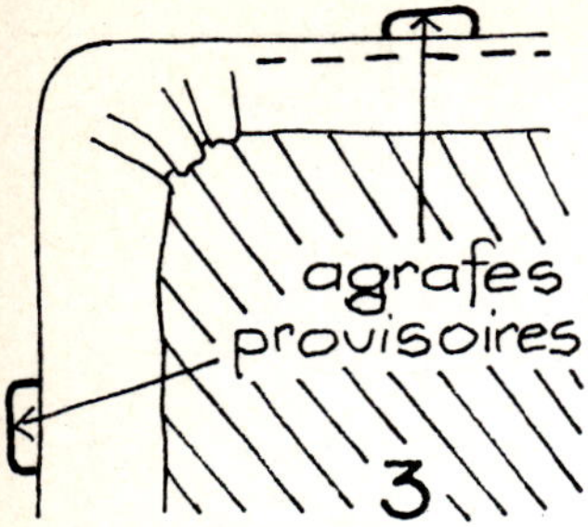

Sur l'envers, rabattre en pressant au fer pas trop chaud.

● Découper les motifs.

● Les coller à l'aide d'un glacis (voir page 51) ou les coudre à petits points coulés.

● Découper le fond de feutrine du dosseret en laissant 10 cm tout autour.

Bien marquer le milieu à la craie.

● Disposer les poches symétriquement en mesurant à l'aide d'un mètre-ruban.

Les épingler et les piquer à 5 mm du bord avec du fil de la même couleur.

● Placer le molleton sur le dosseret. Le rabattre sur l'envers et le fixer à l'agrafeuse.

● Placer la feutrine en place et la fixer provisoirement en agrafant (sans appuyer complètement sur l'agrafeuse) d'abord les milieux

sur le chant des côtés afin de fixer les aplombs (3).

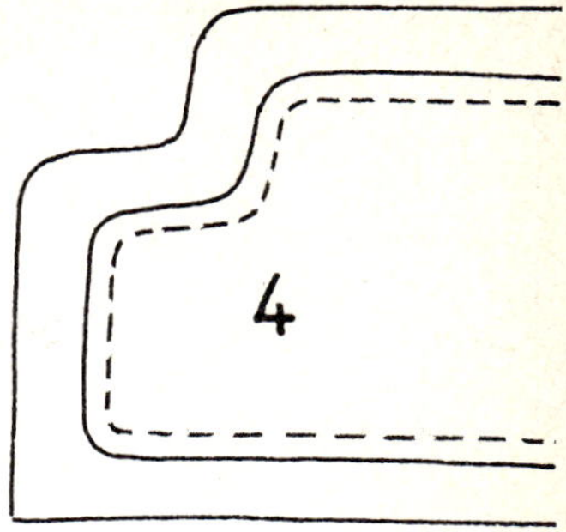

Tendre en tirant la feutrine vers l'envers. Les angles sont délicats et se feront en dernier. La feutrine doit épouser sans un pli sur l'endroit tous les arrondis et les angles.

● Sur l'envers placer la première agrafe bien au milieu du tissu en tirant la feutrine d'une main, puis agrafer de même sur les 2 côtés.

Sur l'endroit, au cas où il reste de légers plis, avec la paume de la main ou le pouce, faire rentrer en massant la feutrine.

Sur l'envers il demeurera forcément 2 ou 4 plis que l'on coupera en appuyant les ciseaux bien à plat (3).

Retirer avec un tournevis les agrafes d'aplomb.

● Pour terminer le travail proprement, agrafer au dos une toile de coton rembordée (4).

LE POLOCHON PAPILLON DE NUIT

Voir sur la photo page 39.

Pour agrémenter un lit dont le dessus de lit est uni et impersonnel, pour égayer une chambre exécutée à la hâte, voici un polochon décoratif qui, grâce à ses couleurs, fera vivre toute une pièce.

FOURNITURES A PRÉVOIR

● Un métrage de feutrine à déterminer selon la dimension du lit à garnir. De nombreuses chutes de diverses couleurs.

● Du matériau de bourrage, kapok de préférence.

● Un peu de fil de laiton pour les antennes.

- Colle pour tissu.
- Biais de coton d'une longueur égale à 2 fois le tour d'une aile.
- Fil assorti.

RÉALISATION

- Ouvrir le dictionnaire à la page des papillons de nuit et choisir le papillon de ses rêves.
- Le dessiner sur une grande feuille de papier kraft, en l'inscrivant dans un rectangle dont la longueur sera égale à la largeur du lit, et la hauteur de 30 cm à 40 cm selon la largeur.

Tracer le milieu de ce rectangle et dessiner à grands traits la silhouette du papillon (1) et les taches principales. Lorsque l'on est sûr du trait, repasser une aile et la moitié du corps avec un marqueur foncé.

Si l'on souhaite éviter ce travail on peut s'inspirer du croquis 2 page 50 et l'agrandir aux carreaux aux dimensions souhaitées.

- Choisir une gamme de couleurs de feutrine s'harmonisant bien avec la décoration générale de la pièce et déterminer les différentes couleurs des taches qui décorent le papillon.

Pour s'y reconnaître plus facilement, coller de petits morceaux de feutrine sur les différentes taches.

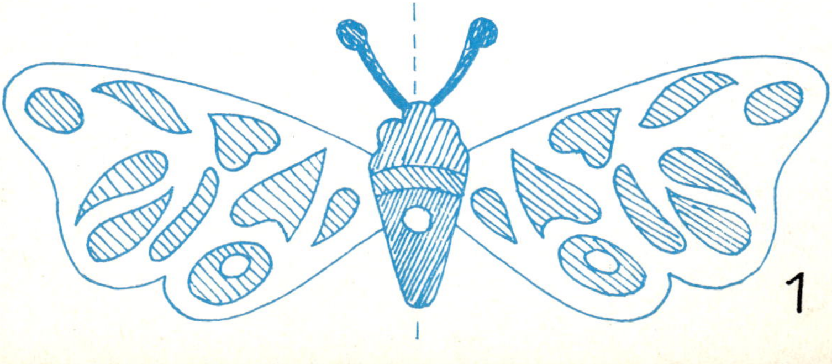

1

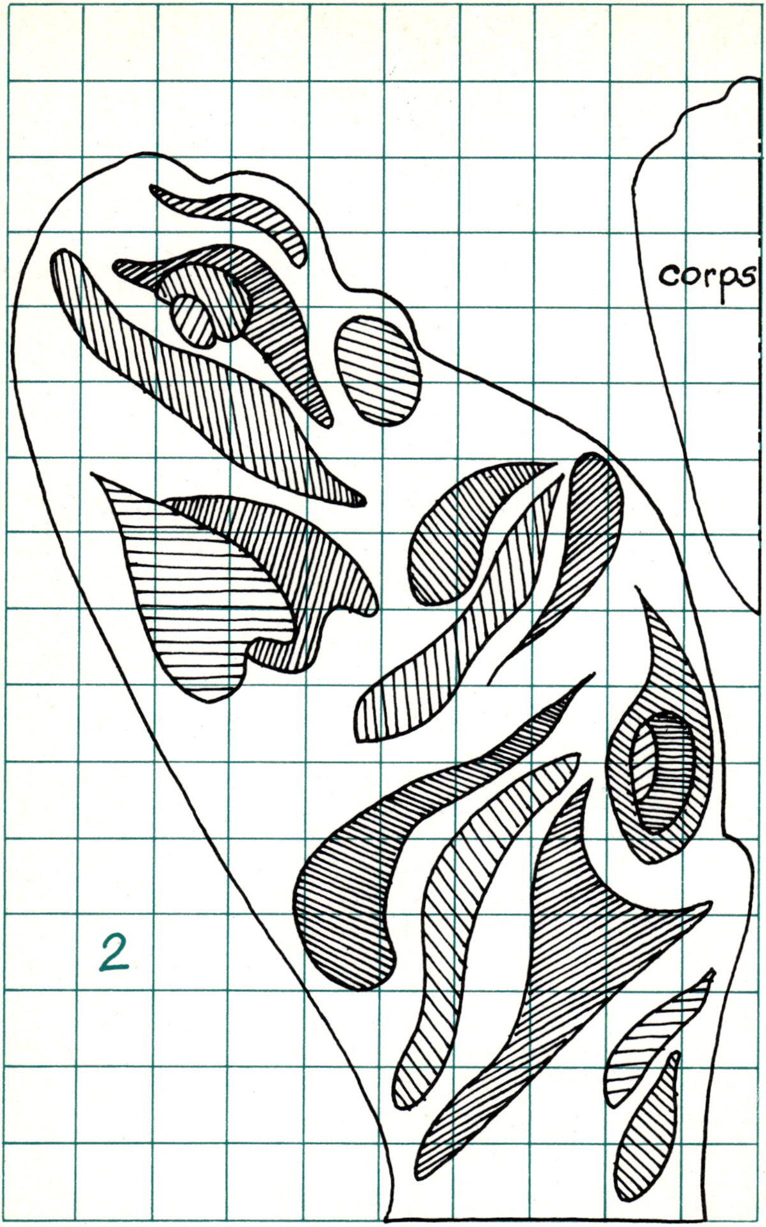
corps
2

● Avec un papier-calque relever le contour du corps.

Relever de même la forme de l'aile en la prolongeant de 2 à 3 cm à l'intérieur du corps (3) pour pouvoir l'inclure dans celui-ci lors du montage.

● En se plaçant sur une surface plane, épingler les patrons sur la feutrine. Marquer le contour avec une craie tailleur bien aiguisée et découper sur le trait.

Découper ainsi 4 ailes et 2 corps.

● Découper les 2 soufflets : ils sont formés par une bande de feutrine qui fait le tour de chaque aile (4). Cette bande mesure de 10 cm à 15 cm à l'extrémité de l'aile, et va en diminuant jusqu'aux points d'attache près du corps.

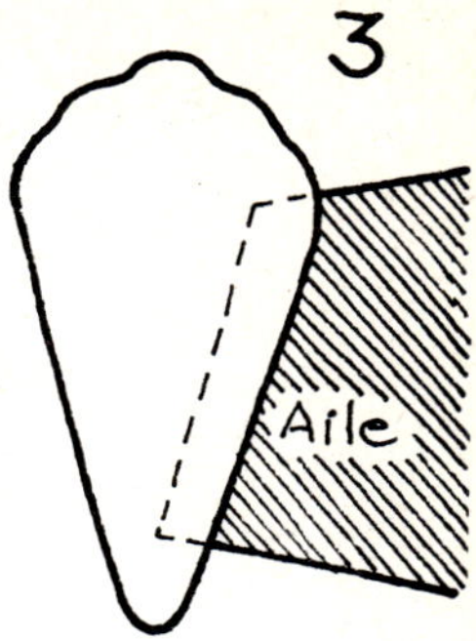

DÉCORATION

● Relever sur le dessin de base les patrons des différentes taches.

● Les découper dans les feutrines correspondantes.

● Comme le polochon aura peu de fatigue les taches peuvent être collées (et non piquées sur le fond). Pour les coller correctement, préparer un glacis de colle, c'est-à-dire procéder comme suit :

Prendre une feuille de bristol un peu plus grande que la plus grande tache. La fixer avec 4 punaises sur une planchette.

Avec un pinceau de peintre plat de 3 à 4 cm de large, étaler dessus la colle à tissu dans les 2 sens, en couche régulière.

Prendre une tache entre le pouce et l'index et la poser sur le glacis. Appuyer sur toute la surface avec la paume de la main.

Reprendre la tache entre le pouce et le majeur

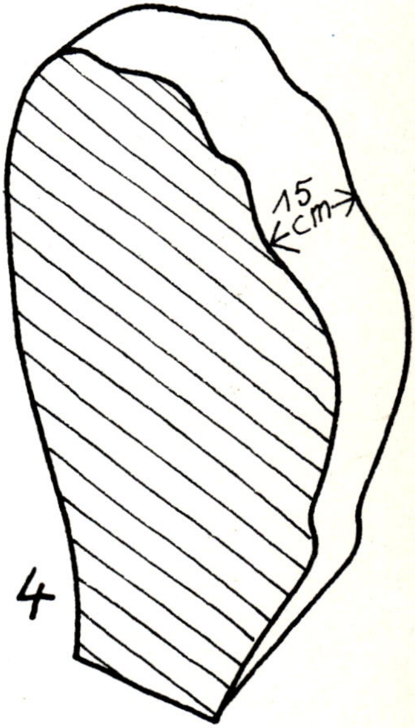

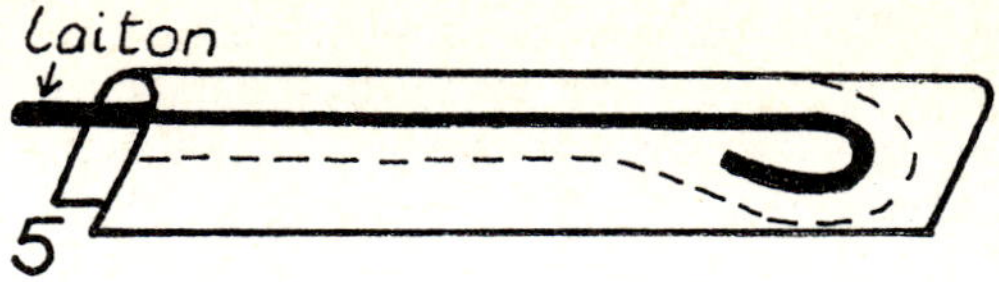

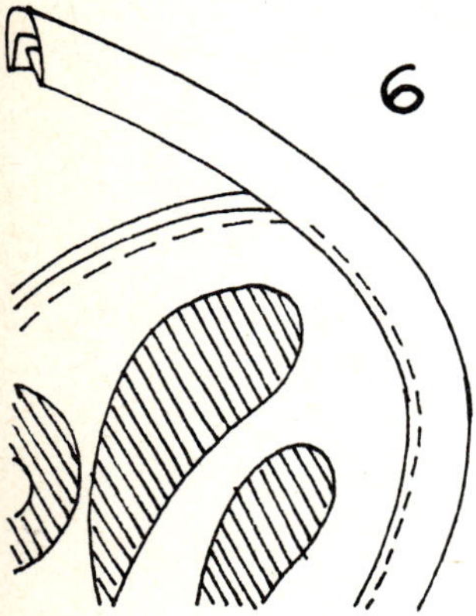

et la poser sur l'aile (que l'on aura préalablement placée bien à plat à côté du glacis). Presser avec un livre.

Cette opération doit être rapide, sinon la colle sèche.

Recommencer l'opération; le majeur restera encollé tandis que l'index sera toujours propre, ce qui évitera les taches de colle. Garnir de cette manière le corps et les 2 ailes.

● Préparer les antennes : prendre une bande de feutrine de 8 cm de large et de 30 à 35 cm de long, la plier en 2 selon la longueur et la piquer en enfermant dedans un morceau de fil de laiton (5). Attention, les 2 extrémités du fil de laiton doivent être recouvertes.

Recouper l'excédent de feutrine à 3 cm de la piqûre.

MONTAGE

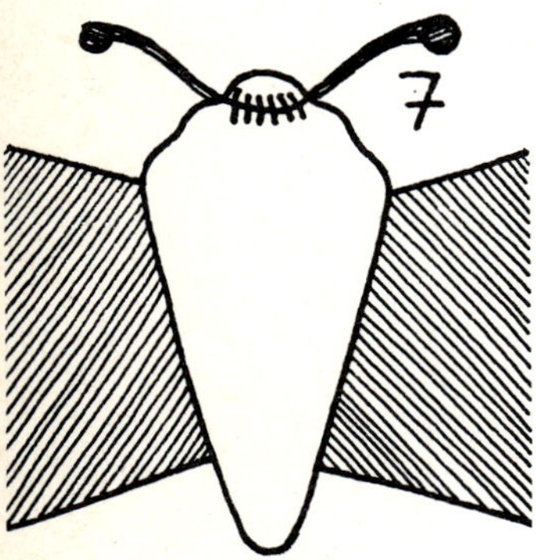

● Epingler chaque aile décorée avec le soufflet correspondant. Bâtir puis piquer à un pied de biche du bord.

Attention aux parties arrondies. Ne pas détendre la feutrine, elle suivra d'elle-même tous les méandres.

● Poser le biais de coton (à choisir assorti à la teinte la plus foncée du papillon) à cheval sur la piqûre. Piquer (6).

● Assembler ensuite aux soufflets les ailes non décorées, sans fermer la partie qui s'encastre dans le corps.

● Epingler et bâtir le dessus du corps du papillon sur les 2 ailes terminées en ayant soin de leur donner une bonne orientation (légèrement vers le haut sera plus gracieux).

● Piquer et coudre les antennes sur l'envers du dessus du corps (7).

● Poser le dessous du corps. Piquer le haut et le bas en laissant de chaque côté une ouverture pour bourrer (8).

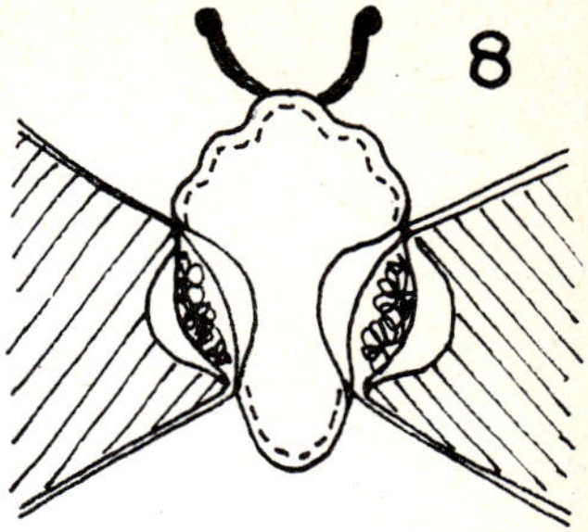

8

● En travaillant sur l'envers du papillon, bourrer les ailes avec du kapok. Avoir soin pour commencer de les placer au fond dans les extrémités des ailes (s'aider d'un bâton). Vérifier que le bourrage soit semblable à droite et à gauche.

Bourrer légèrement le corps pour le faire bomber.

Fermer les 2 ouvertures avec un point arrière.

● Battre le polochon avec un bâton pour le faire gonfler.

L'ÉDREDON MODULAIRE

Voir sur la photo page 55.

Léger et douillet cet édredon sera confortable et pratique pour la maison de campagne ou même pour l'appartement de ville où l'on fait des économies de chauffage.

Composé de coussins assemblés, il remplacera de façon originale un dessus de lit.

FOURNITURES A PRÉVOIR

● Métrages de feutrine en fonction de la dimension de l'édredon.

● Matériau de bourrage: duvet de préférence.

● Coton perlé de la couleur dominante de la feutrine utilisée.

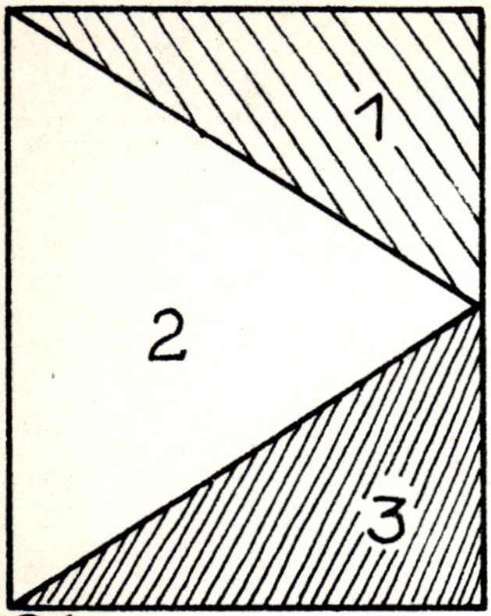

2A

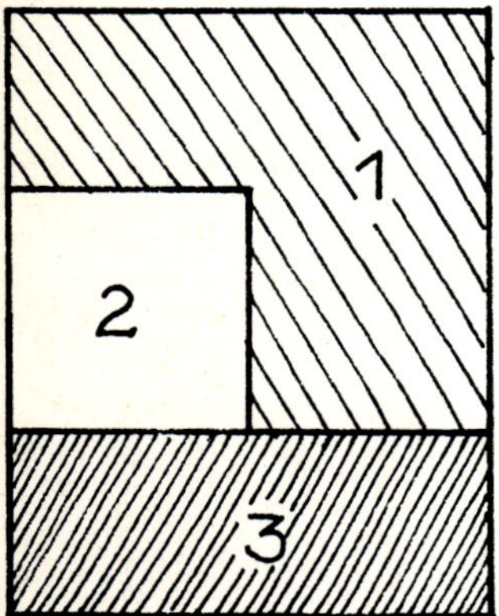

2B

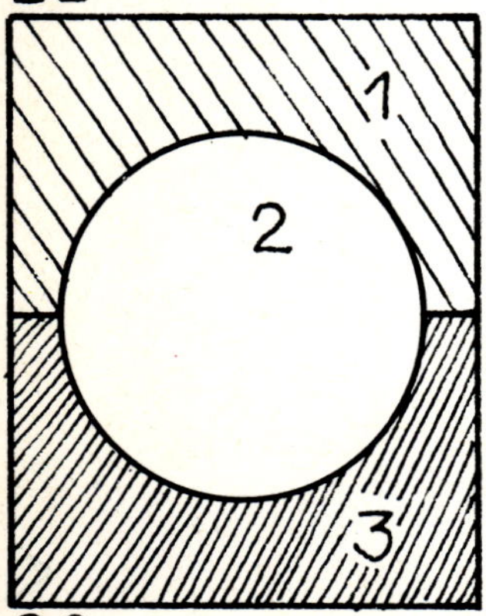

2C

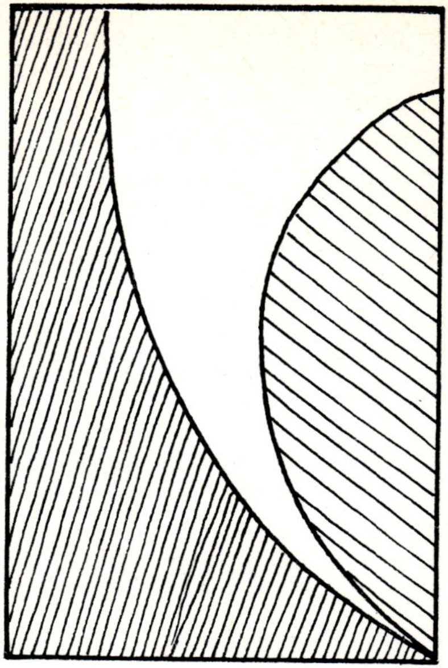
1

- Fil assorti.

RÉALISATION

- Chercher une harmonie de 3 tons de feutrine s'accordant bien avec la couleur de la décoration de la chambre, soit dans la gamme, soit en contrasté. Par exemple : si la pièce est bleu roi, dans la même gamme on aura bleu roi, marine et bleu ciel ; et en contrasté vieux rose, vert amande et bordeaux.
- Mesurer la surface à couvrir en pensant à l'emplacement des oreillers où doit s'arrêter l'édredon.

Diviser cette surface en 4 : on aura ainsi la dimension d'un module (de 3 éléments) qui, répété 4 fois, formera l'édredon.

- Dans ce rectangle dessiner 3 éléments.

On peut reproduire les formes données ici en agrandissant le dessin du croquis 1 ou en inventer d'autres de son choix (voir les exemples 2A, 2B et 2C ci-contre).

Découper ces 3 formes qui vont servir de patron. Marquer l'endroit d'une croix.

● Poser le papier bien à plat sur la feutrine pliée en double.

Tous les 6 cm au moins épingler perpendiculairement à la lisière (3).

3

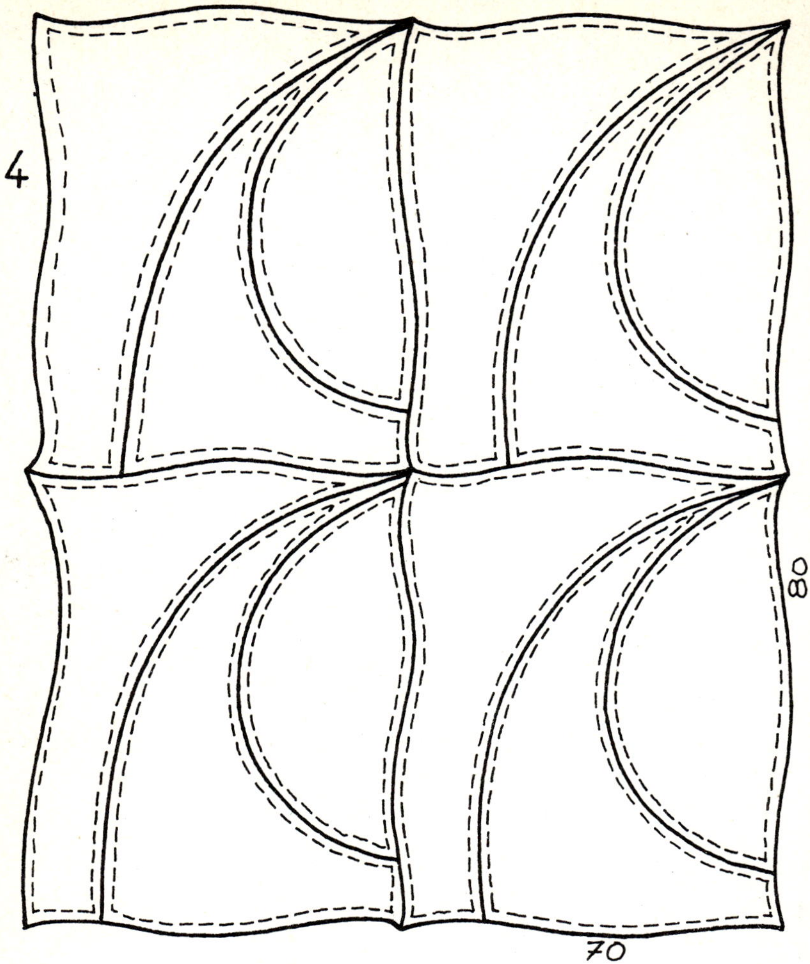

Couper avec de grands ciseaux tailleur au ras du papier. Cette opération doit être très précise.

● Enlever les épingles et les remettre au même endroit sous le papier pour maintenir les 2 épaisseurs.

Epingler de la même manière tout autour de la forme. Bâtir si l'on n'est pas sûr de soi.

Piquer sur les épingles à un pied de biche de la lisière .en réservant une ouverture de 15 cm environ sur une ligne droite. Utiliser du fil de la même couleur que la feutrine, mais enfiler la canette avec du fil de couleur neutre (ce qui évitera de la changer pour les autres formes).

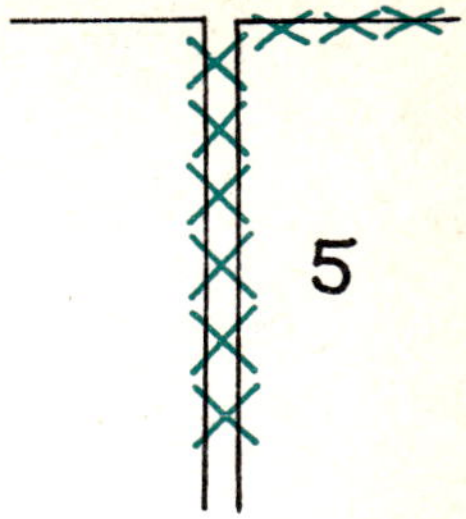
5

● Bourrer avec le duvet en commençant par les angles. Pousser au besoin à l'aide d'un long crayon ou d'une règle. Faire cette opération au jardin ou sur un balcon de préférence (sinon la pièce sera bien emplumée !).

Fermer avec des épingles et piquer.

● Arrêter les fils sur l'envers.

Vérifier si la feutrine de dessous ne déborde pas. Si oui, recouper sans couper le fil de couture.

Battre avec un manche à balai (ou une canne) pour faire gonfler.

● Préparer de la même façon les 3 éléments de chacun des 4 modules.

Disposer les éléments des 4 modules dans l'ordre du croquis 4, bien à plat sur une grande surface. Assembler provisoirement avec des épingles de nourrice pas trop grandes.

Bien vérifier tous les angles de 90°. Si cette opération est oubliée, on risque d'obtenir un édredon tordu ou bancal d'un effet très peu heureux. Tricher au besoin en détendant la feutrine.

● Commencer par assembler au point de chausson les 3 coussins d'un module (5). Utiliser du coton perlé n° 4 de la même couleur qu'une des feutrines (la plus intense de préférence).

Puis assembler les 4 modules ensemble, en épinglant d'abord bien à plat.

Terminer par le tour de l'édredon en faisant un point croisé (au coton perlé) à cheval sur les 2 épaisseurs de feutrine.

LA TAPISSERIE EN PATCHWORK

Voir sur la photo page 43.

Cette tapisserie chatoyante de couleurs est d'un effet trompeur. A première vue, on pourrait croire que des rubans de feutrine y sont habilement entrelacés. Or, en fait, il ne s'agit que d'une juxtaposition de languettes fixées à l'aide d'une agrafeuse sur un fond de bois, comme le seraient les tuiles d'un toit.

Cette tapisserie peut être simplement décorative, ou utilisée comme fond de lit, ou encore doubler la porte d'un bureau où elle servira de plus à couper le bruit et le froid.

Malgré sa complexité apparente, ce travail est facile. Couper et agrafer, est simple et amusant : l'on voit se former le dessin au fur et à mesure de l'avancée du travail.

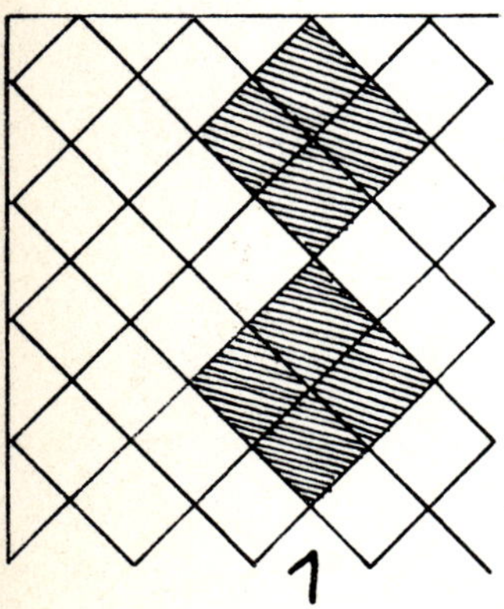

1

FOURNITURES A PRÉVOIR

- Un fond de contre-plaqué d'une épaisseur minimum de 10 mm et de dimensions correspondant à un multiple de 8.
- Feutrine de multiples couleurs (voir ci-dessous).
- Une agrafeuse.
- Du papier-calque.

RÉALISATION

- Chercher une harmonie de 10 à 25 couleurs de feutrine, sans oublier le blanc et le noir qui donnent beaucoup de stabilité.

Ici on a joué avec une gamme chaude (de beige, jaune verdâtre, orange, rouge, bordeaux) et une seconde gamme froide (de blanc, gris, bleu clair, bleu foncé et vert foncé), situées de part et d'autre d'un motif central régulier en noir, le tout encadré d'une bordure sombre de 3 tons de brun.

2

A partir du milieu de la tapisserie les 2 gammes ont été inversées pour renforcer l'impression de richesse de coloris.

● Il est évident que c'est à chacun de rechercher sa propre gamme. Pour cela tracer sur le papier un quadrillage reproduisant en réduction une partie du panneau. Compter 8 rangs de carrés pour pouvoir former des motifs (1).

Couper de petits morceaux de feutrine de chaque couleur et rechercher le rythme de leur emplacement sur ce quadrillage. Lorsque le résultat est satisfaisant, coller ces échantillons en place.

Ce papier servira de guide pour la suite du travail.

● Sur le fond de contre-plaqué tracer un quadrillage régulier de carreaux de 8 cm de côté (2).

● Couper des languettes de feutrine de 8 cm × 20 cm. Recouper une des extrémités en pointe sur 4 cm de haut (3).

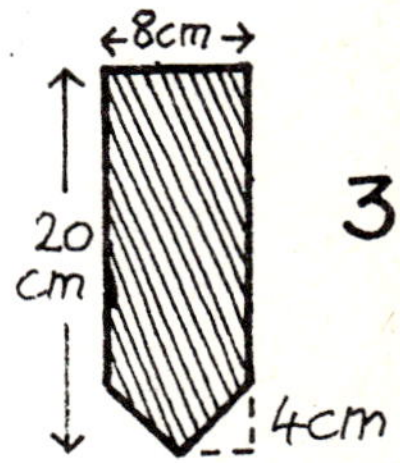

3

Pour aller plus vite on peut se faire un petit gabarit de carton, mais bien veiller à couper toujours au ras de ce carton. Seule la parfaite régularité de la coupe amènera l'effet d'optique du panneau.

Il n'est pas très facile, pour un grand panneau, de calculer sans risques de se tromper le nombre exact de languettes nécessaires par couleur. Aussi, pour éviter des pertes, couper seulement le nombre nécessaire pour 7 ou 8 rangées.

Classer les languettes en piles par couleur, et les déposer sur un grand plateau. Ce sera plus pratique pour la mise en place.

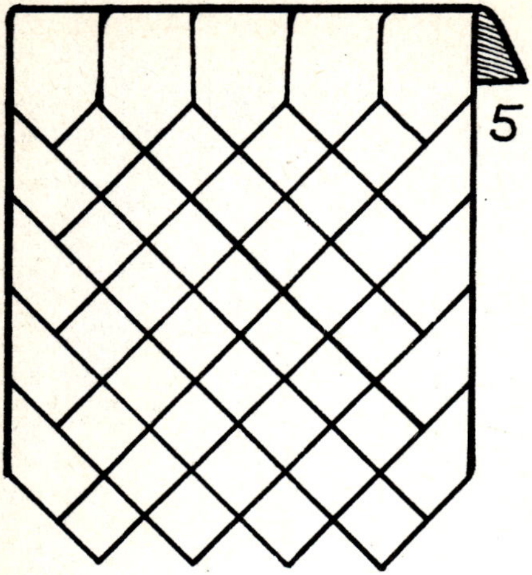

5

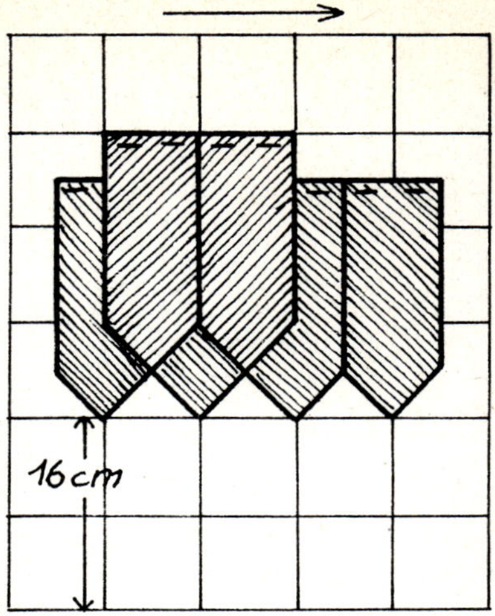

4

● Mettre la planche à plat sur une grande table ou par terre.

● En se référant au papier-guide, commencer à placer les languettes de feutrine à 16 cm de ce qui sera le bas du panneau soit la hauteur de 2 carreaux (4). Elles doivent être posées correctement sur un rang entre les lignes verticales du quadrillage.

Poser toutes les languettes du premier rang, puis les fixer par 2 agrafes à 1 cm du bord supérieur.

Poser ensuite le 2ᵉ rang en plaçant cette fois la pointe de la languette juste sur l'angle et continuer ainsi de rang en rang jusqu'à l'avant-dernier rang en haut du panneau.

Poser les languettes du dernier rang. Rabattre leur extrémité sur l'arrière de la planche et agrafer (5).

Remarque : Au cours du travail bien vérifier l'ordre des languettes en se référant au papier-guide, sinon une languette mal placée dans les

premiers rangs fera défaire tout le travail suivant.

● Recouvrir le bas du panneau avec une bande de feutrine de 30 cm de hauteur environ dans l'une des couleurs dominantes (pour cela il est nécessaire de relever les languettes). Agrafer et rabattre les extrémités derrière le panneau.

Camoufler l'épaisseur de la planche en collant sur le chant un petit galon d'ameublement ou un ruban de feutrine.

● Bien vérifier l'ordonnance des pointes des languettes de feutrine. Les lisser avec la main et, au besoin, remettre d'aplomb ici et là celles qui se seraient déplacées au cours de la fixation, la souplesse de la feutrine permettant de légères rectifications.

Ne jamais coucher la tapisserie : c'est le tombant parfait des languettes qui produit l'harmonie du travail.

LE COUVRE-LIT EN PATCHWORK

Voir sur la photo page 49.

C'est une sorte de patchwork fait de rectangles et de carrés. Les couleurs y jouent grâce à l'irrégularité des dimensions des différents morceaux. Une large bordure de la couleur dominante encadre et termine le travail.

Passionnant à combiner, c'est un ouvrage qui s'effectuera sans aucune monotonie. L'assemblage des morceaux se fait rapidement en série, par bandes, sans en mesurer la longueur d'une manière précise.

FOURNITURES A PRÉVOIR

● Métrages de feutrine à calculer en fonction du lit à recouvrir.

- Ruban croisé ou extra-fort de la teinte dominante.
- Eventuellement de la doublure.
- Une règle et une équerre.
- Fil assorti.

RÉALISATION

- Etudier une gamme de 5 à 15 tons environ de feutrine en s'inspirant des couleurs existant dans la pièce et en ajoutant quelques couleurs chaudes ou froides, s'il y a lieu.
- Prendre les mesures du lit (ou du divan).

Penser qu'il faudra peut-être cacher le sommier ou le bois de lit en mauvais état. Penser aussi à l'encombrement des oreillers ou du polochon.

1

● Sur un grand papier délimitant la surface horizontale du lit + 10 cm de retombée sur les côtés, dessiner des lignes parallèles dans le sens de la largeur du lit, espacées de façon inégale mais en alternant un certain rythme. Par exemple : 25 cm, 10 cm, 19 cm, 7 cm, 25 cm, 10 cm, 19 cm, 7 cm, etc. (1).

Puis dans chacune de ces bandes tracer à l'aide de l'équerre des perpendiculaires ne s'alignant jamais les unes aux autres. Reproduire si possible le même rythme que celui obtenu dans les parallèles.

● Echantillonner le patron et la bordure en collant sur chaque case des petits morceaux de feutrine de la couleur choisie. Bien répartir les différentes couleurs en veillant à ne pas mettre la même couleur dans 2 cases qui se touchent, et ce tant dans le sens de la largeur que dans celui de la longueur.

● Découper tous les carrés et rectangles de feutrine en s'aidant d'une règle et d'une équerre. Prévoir 1 cm en plus autour de chaque morceau.

Ranger les différents morceaux en piles par couleur.

● Puis les assembler par bandes dans le sens de la largeur en suivant l'ordre des couleurs indiquées sur le patron (2).

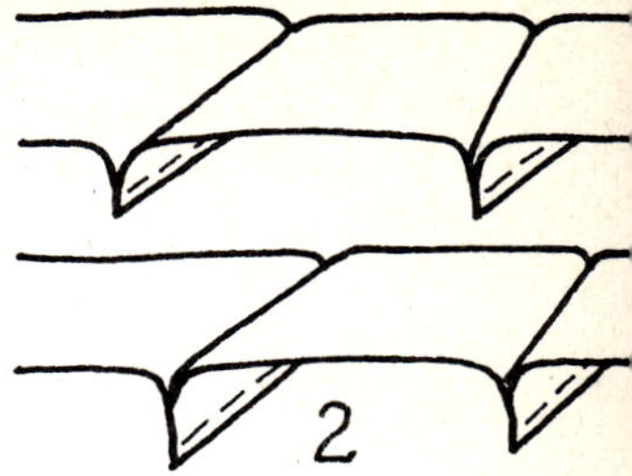

● Lorsque toutes les bandes sont montées, les assembler sur l'envers en les épinglant. S'aligner toujours sur le même côté afin de n'en avoir qu'un seul à égaliser (3).

Bâtir si l'on n'est pas sûr de soi.

Ne pas tirer sur la feutrine en assemblant et en piquant. Il faut que le travail soit souple. Veiller à ce que chaque pièce soit bien assemblée à angle droit.

● Présenter sur le lit et égaliser le côté irrégulier.

● Couper la bande du tour, soit :

2 bandes d'une longueur égale à celle du grand côté + 3 cm et d'une largeur de 23 cm environ,
et une bande de même largeur que ci-dessus et d'une longueur égale à celle du petit-côté + 6 cm environ.

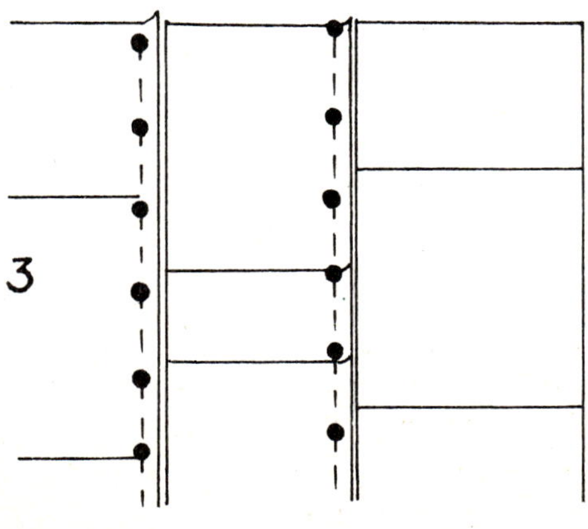

Assembler ces 3 bandes à angles droits (4).

Bien vérifier si les dimensions correspondent à celles du patchwork central.

● Sur l'envers, assembler le tour et le centre en épinglant soigneusement et en commençant par le milieu du petit côté.

Bâtir à cheval sur l'assemblage un ruban croisé (ou un extra-fort) et piquer.

Rectifier les 2 extrémités s'il y a lieu.

● Pour plus de netteté, terminer le 4ᵉ côté (qui se placera à la tête du lit) en le bordant soit d'un extra-fort, soit d'une petite bande de feutrine posée à cheval.

On peut doubler la partie centrale pour cacher les multiples coutures qui recouvrent les différentes pièces.

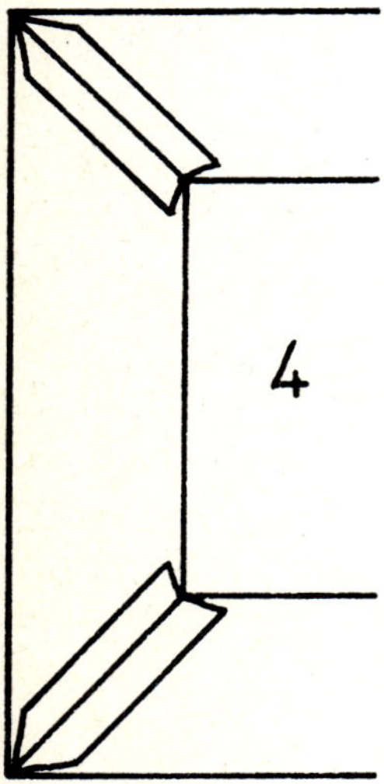
4

LE COUVRE-RÊVE

Voir sur la photo page 63.

Original et personnel, ce jeté de lit qui figure une prairie émaillée de fleurs champêtres et ces coussins-lapins feront le bonheur de leur jeune propriétaire. Et quelle bonne occasion de le préparer au sommeil en lui contant les aventures de "ses" lapins.

FOURNITURES A PRÉVOIR

● Métrage de feutrine à déterminer selon le lit à recouvrir.

● Feutrine de plusieurs couleurs pour les décors.

● Matériau de bourrage pour les coussins (kapok, duvet ou mousse de polyester).

● Un mètre-ruban.

● Papier kraft.

RÉALISATION

LE DESSUS DE LIT

- Rechercher une gamme de 5 à 8 couleurs de feutrine s'accordant avec la décoration générale de la pièce. Ceci est particulièrement important pour la feutrine qui servira de fond au jeté de lit.
- Prendre les dimensions du lit. Ajouter 30 cm pour les côtés qui doivent déborder et 10 cm pour les autres.
- Découper le dessus de lit dans la feutrine.
- Avec un mètre-ruban mesurer la hauteur que devra avoir le plus gros lapin par rapport à la tête du lit.

A partir de cette hauteur dessiner le profil du corps du lapin. On peut s'inspirer du croquis 1 en l'agrandissant aux carreaux (attention de ne pas dessiner une souris en allongeant trop le corps du lapin).

Découper le profil du corps et le poser en place sur le lit pour vérifier si la proportion est bonne. Rectifier si besoin est.

A partir de ce patron et en le diminuant, dessiner le patron des 2 autres lapins.

1

● En s'inspirant du croquis 2 dessiner une douzaine de touffes d'herbe sur du papier kraft. Les découper et les disposer sur le lit, en plaçant également les patrons des lapins.

Cette opération est indispensable pour la bonne marche de la réalisation du couvre-rêve : si les proportions sont fausses, l'effet sera manqué. Si le rapport entre animaux-volumes et herbes à plat est juste, le couvre-rêve sera agréable et élégant.

Rechercher également la meilleure disposition des différentes touffes, en pensant qu'il n'est pas heureux de voir trop de motifs coupés par les arêtes du lit.

● Quand les proportions et la disposition sont satisfaisantes, prendre un par un les patrons des touffes d'herbe et découper les formes dans la feutrine correspondante. Replacer aussitôt celles-ci sur le dessus de lit et épingler.

● De la même manière, compléter par des fleurettes découpées dans la feutrine. Les épingler également.

● Bâtir si besoin et piquer tous ces décors avec des fils de même couleur.

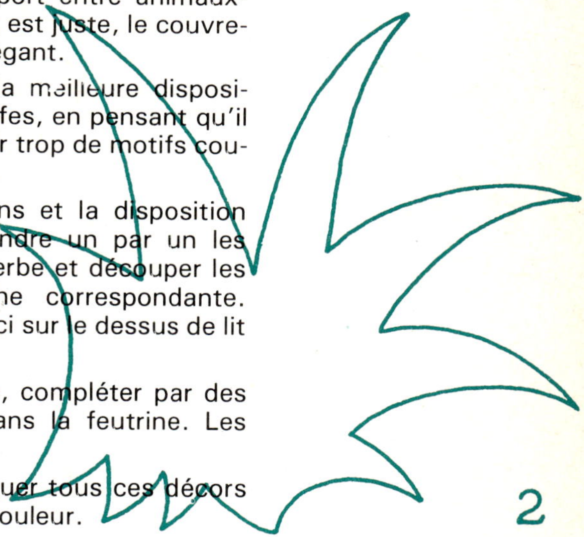

2

LES LAPINS

● Pour chaque lapin couper 2 profils, 2 fois les 2 oreilles se touchant à la base, 2 fois la petite queue.

● Epingler les profils et piquer tout autour en laissant 20 cm d'ouverture pour le bourrage par le ventre.

Retourner, bourrer et fermer.

● Piquer le tour des oreilles et de la queue.

Pour plus de rigidité on peut toiler les oreilles. Fixer les oreilles par la base au sommet de la tête.

- Fixer la queue uniquement par la base à l'arrière-train.

- Trouver des petits boutons ronds, sans trou et bien brillants, et les coudre à l'emplacement des yeux. A défaut, coudre des ronds de feutrine.

LE COUSSIN A SOUFFLETS

Voir sur la photo page 67.

A première vue on pense à 3 coussins superposés, alors qu'en fait, il s'agit d'un seul coussin à soufflets qui lui donnent tout son volume.

Ce modèle inédit est très confortable, et de plus il est facile et rapide à réaliser.

FOURNITURES A PRÉVOIR

- 2 carrés de feutrine de 45 cm de côté.
- 2 carrés de feutrine de 50 cm de côté.
- 2 carrés de feutrine de 55 cm de côté.
- Matériau de bourrage, de préférence du kapok.
- 3 grandes feuilles de papier kraft.
- Papier-calque.
- Grand compas en bois.

RÉALISATION

Vu de profil, le coussin se présente comme indiqué au croquis 1 page 72 :

un cercle plein A qui forme le dessus;

4 cercles évidés C, D, E et F qui forment les soufflets,

et un cercle plein B qui forme le dessous.

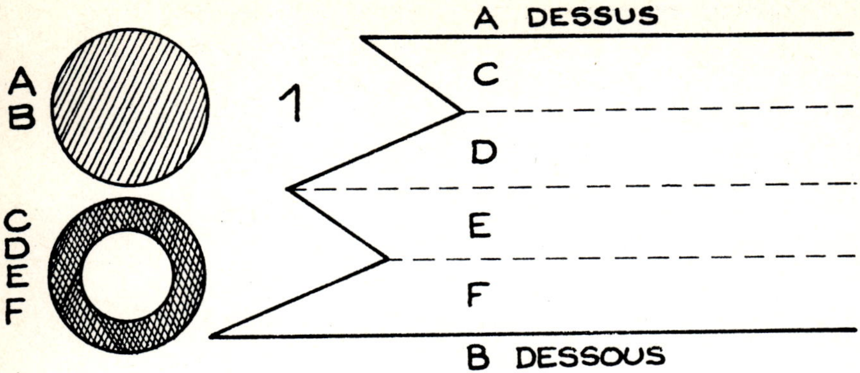

● Choisir 6 couleurs de feutrine en tons dégradés : ici A bleu ciel, C bleu turquoise, D bleu pervenche, E bleu roi, F violet clair, B bleu marine.
Si l'on trouve trop onéreux d'acheter de la feutrine de 6 couleurs différentes, on peut réaliser le coussin avec 4 seulement. En ce cas les cercles A, D et F seront de couleurs différentes, et les cercles C, E et B découpés dans la même couleur, foncée de préférence.

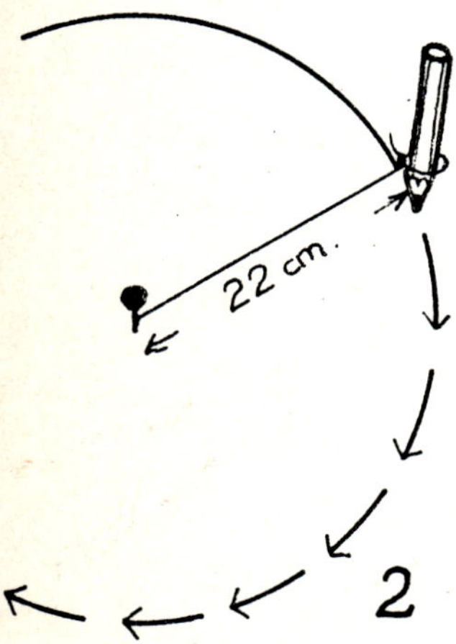

PRÉPARATION DES GABARITS

Ici l'on a choisi pour bordure une ligne qui serpente. A chacun de rechercher à sa guise une autre découpe ou de faire tout simplement un rond.

● Sur une grande table (ou une planche de bois) poser une grande feuille de papier kraft. A l'aide du grand compas en bois, tracer au crayon un rond de 44 cm de diamètre.

● A défaut de grand compas, procéder de la façon suivante : nouer une ficelle fine autour d'un crayon (2), à partir de ce crayon mesurer 22 cm sur la ficelle, et faire un nœud à cet endroit. Enfoncer un petit clou (ou une grosse épingle) au centre de ce nœud.

● Planter cette punaise au centre du papier.

En tenant le crayon bien droit et en veillant à bien tendre la ficelle, on tracera facilement un cercle régulier.

● Partager ce cercle en 4 parties égales en partant du point central, les 2 droites se croisant au centre à 90°.

● A l'aide d'une soucoupe (ou de n'importe quelle boîte ronde) tracer 5 courbes dans un des quarts de cercle. Le milieu de la première et de la cinquième seront situés sur les 2 diamètres (3).

3

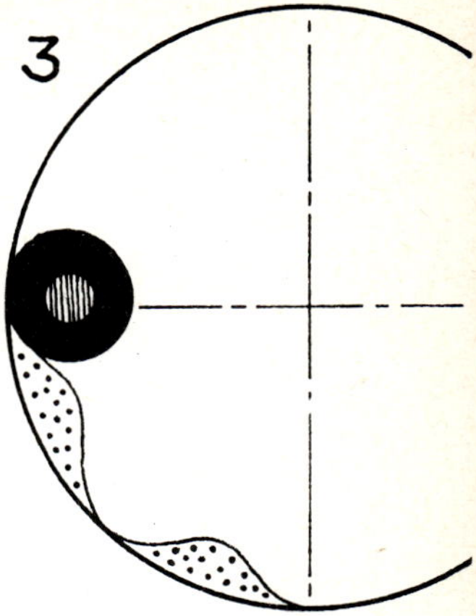

Pour ce tracé utiliser d'abord un crayon et procéder par tâtonnements jusqu'à ce que l'on tombe juste. Ensuite repasser le trait au crayon-feutre.

● Prendre un calque de cette découpe et la reproduire dans les 3 autres parties du cercle. On obtiendra ainsi le gabarit des cercles A et C.

Découper ce gabarit et marquer en rouge 2 lignes parallèles, écartées de 3 cm, qui serviront de repère.

● Pour préparer le gabarit des cercles D et E, poser le gabarit A sur une autre grande feuille de papier kraft.

Maintenir par des punaises et agrandir de 2 cm environ tout autour.

Marquer 2 repères en rouge en s'alignant sur les repères du gabarit n° 1 (4). Découper.

4

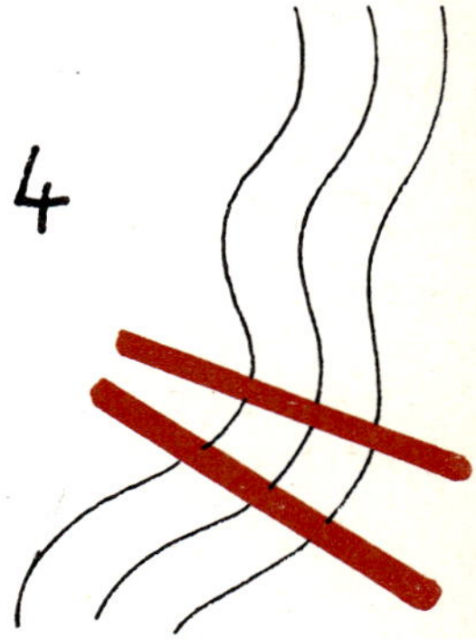

● Répéter l'opération pour préparer le gabarit des cercles F et B.

COUPE ET MONTAGE

● Poser le gabarit n° 1 sur la feutrine A correspondante. Epingler et tracer le contour de la découpe à la craie.

Couper sur le trait. Marquer les 2 repères à la craie rouge.

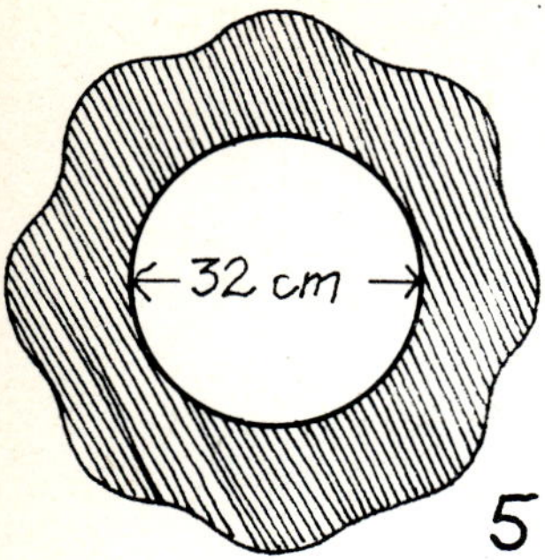

5

● Répéter l'opération pour la 2ème feutrine C.

● Enlever le gabarit et évider dans la feutrine C un cercle bien centré d'environ 32 cm de diamètre (5).

● Répéter l'opération avec le gabarit n° 2 avec les feutrines D et E qui seront toutes deux évidées.

● Faire de même avec le gabarit n° 3 pour les feutrines F et B mais cette dernière ne sera pas évidée.

● Prendre soin de ne pas retourner les feutrines, pour éviter d'effacer les repères rouges.

● Epingler et assembler les cercles C et D, repère rouge sur repère rouge. Piquer autour du cercle intérieur.

● Faire de même avec les cercles E et F.

● Puis assembler C-D à A en piquant sur le tour extérieur, et E-F à B pareillement.

● Assembler ensuite les 2 parties terminées du coussin en laissant une ouverture pour le bourrage.

● Avec le bout des doigts commencer par introduire le kapok dans chaque courbe. Bourrer ensuite le centre jusqu'au moment où le coussin commence à bomber.

Le fermer.

● Arrêter et couper tous les fils.

Bien battre le coussin pour le faire gonfler.

LE COUSSIN AU JOKER

Voir sur la photo page 27.

Des coussins un peu naïfs, un peu romantiques, un peu désuets, sont toujours plaisants.

FOURNITURES A PRÉVOIR

- 2 carrés de feutrine de couleurs différentes, de la dimension choisie pour le coussin. Ici 40 cm de côté.
- Des morceaux de plusieurs couleurs de tailles différentes pour les applications.
- Un petit coussin aux dimensions intérieures.
- Une fermeture à glissière de 25 cm.
- Papier kraft.
- Papier-calque.
- Colle pour tissu.

RÉALISATION

- Rechercher une gamme de 4 à 10 couleurs de feutrine avec une dominante en harmonie avec la pièce où sera placé le coussin.
- Dessiner sur du papier kraft un dessin bien stylisé, aux dimensions du coussin, cette tête de joker par exemple : grâce à une superposition de feutrines de couleurs dégradées on obtiendra un ouvrage très agréable à l'œil.

Pour bien équilibrer le dessin tracer les 2 médianes.

Si l'on a choisi de reproduire notre joker, dessiner le visage en débutant par les yeux, puis la bouche bien centrée sur la ligne médiane, et terminer par le nez et les cheveux (1).

Le motif doit éclater comme une étoile sur la surface choisie.

- Prendre du papier-calque et repasser les traits définitifs au crayon rouge.

Coller de tout petits morceaux de feutrine sur les motifs pour bien repérer les couleurs de chaque forme.

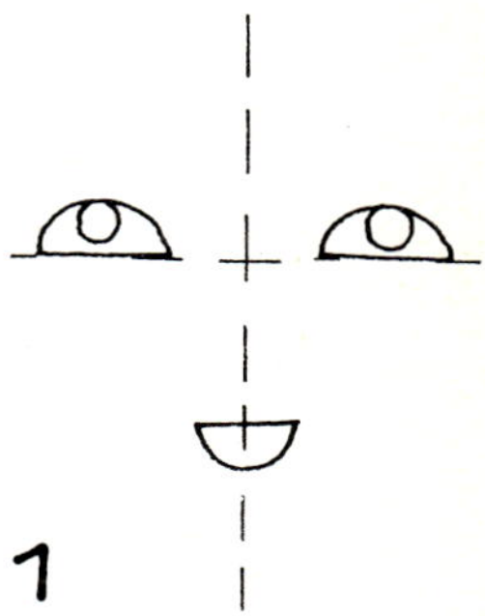

1

● Couper 2 carrés de feutrine pour le fond du coussin. Ici le dessus est appliqué en retrait sur le dessous, ce qui donne au coussin une bordure agréable et une bonne finition.

Sur notre modèle le carré du dessous a 40 cm de côté, et celui du dessus 38 cm.

● Avec des calques successifs relever les différentes formes du motif.

Les découper dans les différentes feutrines et les mettre en place sur le dessus du coussin.

Quand la bonne disposition est trouvée, épingler et piquer avec du fil de même couleur (2).

Appliquer sur le travail un torchon sec et propre, et repasser avec un fer pas trop chaud.

● Sur le carré du fond piquer la fermeture à glissière qui permettra d'introduire et de sortir le coussin de bourrage.

● Epingler le dessus sur le fond en centrant bien. Le dessous doit déborder de 1 cm tout autour. Piquer.

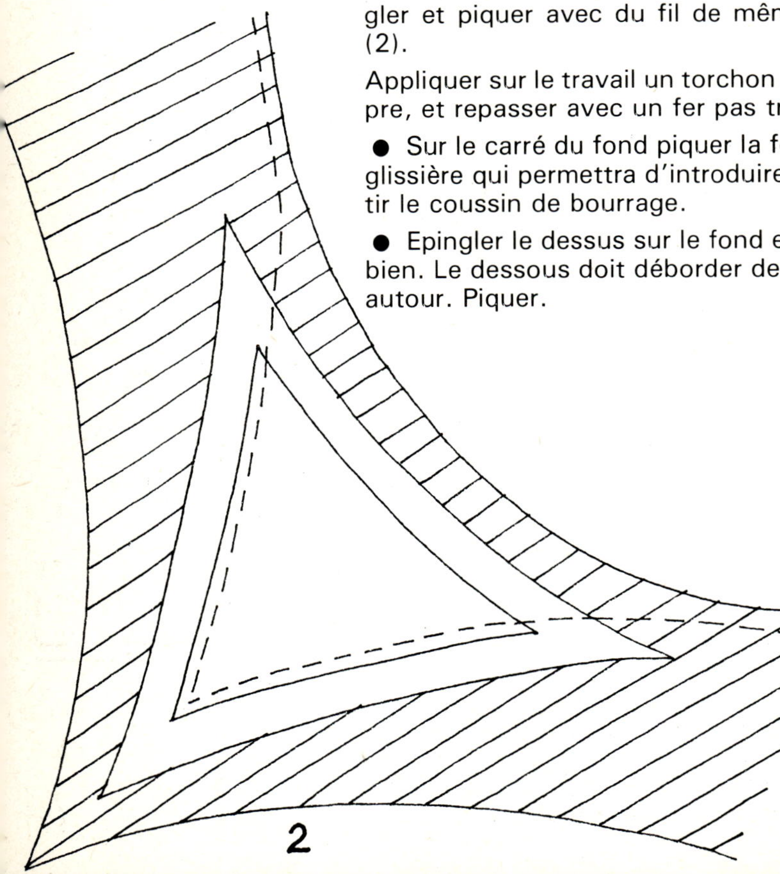

2

LE COUSSIN INDIEN

Voir sur la photo de la page 27.

Ce coussin indien n'est pas ordinaire : son allure dentelée lui donne un air de gaîté. En effet, placé sur un vieux banc de bois ciré, ses dents superposées en feutrine de différentes couleurs vives dégradées du jaune pâle au rouge orangé viendront s'ouvrir en retombant.

Malgré son aspect étrange, il est facile à faire et d'exécution rapide.

FOURNITURES A PRÉVOIR

- 4 rectangles de feutrine de 90 cm × 80 cm.
- Matériau de bourrage.
- Une grande règle graduée.
- Une grande feuille de papier kraft.
- Fil assorti.

RÉALISATION

Choisir une gamme de 4 couleurs de feutrine s'harmonisant entre elles, et avec la décoration de la pièce dans laquelle le coussin sera placé.

Les classer suivant son goût. Ici nous avons du dessus au dessous : A jaune d'or, B rouge C orange clair, D orange vif.

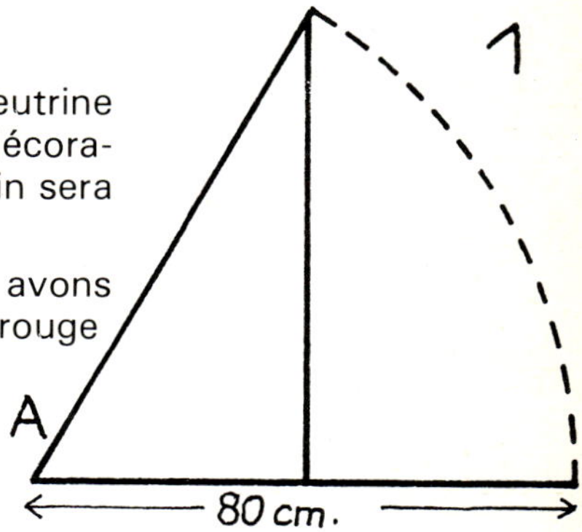

PRÉPARATION DU GABARIT

- Sur la feuille de papier kraft dessiner un triangle équilatéral. Pour cela tracer une ligne de 80 cm. Juste au milieu élever une ligne droite. Reporter les 80 cm de l'angle A à cette ligne. Joindre les 3 points (1).

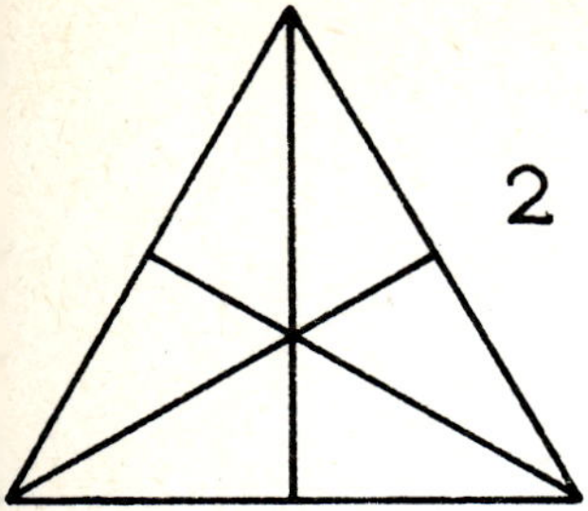

2

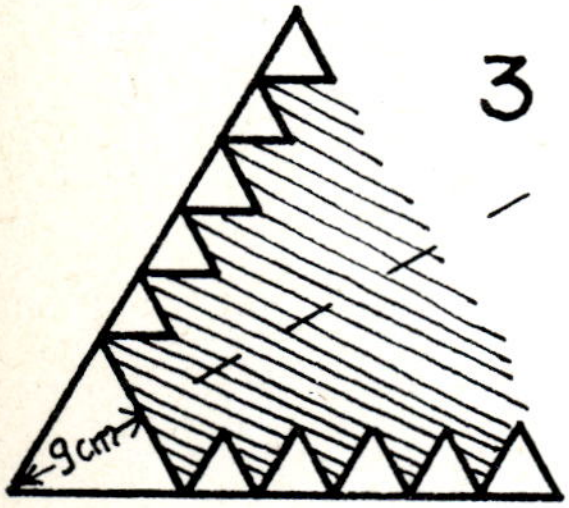

3

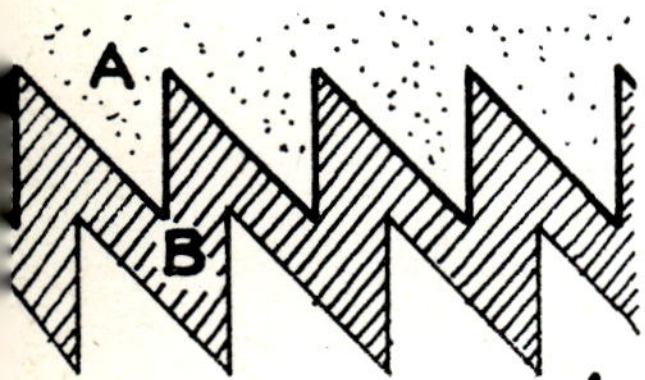

4

● Tracer le milieu de chaque côté (2).

● A chaque angle, en comptant 9 cm sur ces lignes de milieu, couper la pointe de l'angle (3).

● A partir de ces angles coupés tracer des dents de scie (3) profondes de 5 cm environ et larges de 4 cm environ. Tricher un peu au besoin, sur la largeur, pour que ces dentelures tombent justes d'angle en angle.

COUPE

● Découper le gabarit en papier kraft et l'épingler sur la feutrine A jaune (celle qui formera le dessus du coussin). Couper.

● Utiliser la feutrine A comme gabarit pour découper la feutrine B rouge : épingler A sur B, et découper B à 8 cm environ autour de A (4), comme si l'on découpait un patron avec coutures en plus.

Attention, aux angles prolonger la découpe d'une dent (5).

● Utiliser la feutrine B pour couper de même la feutrine C (orange clair) et la C pour la D (orange vif).

Se référer au croquis 5 pour la découpe des angles importante, car cette découpe donne son style au coussin.

MONTAGE

● Se mettre bien à plat sur une table en bois.

Poser la dernière feutrine coupée et la maintenir par des punaises.

Puis poser la 3e et ainsi de suite jusqu'à la première.

Bien centrer les angles. Epingler au centre.

● A l'aide d'une craie tailleur et d'une règle

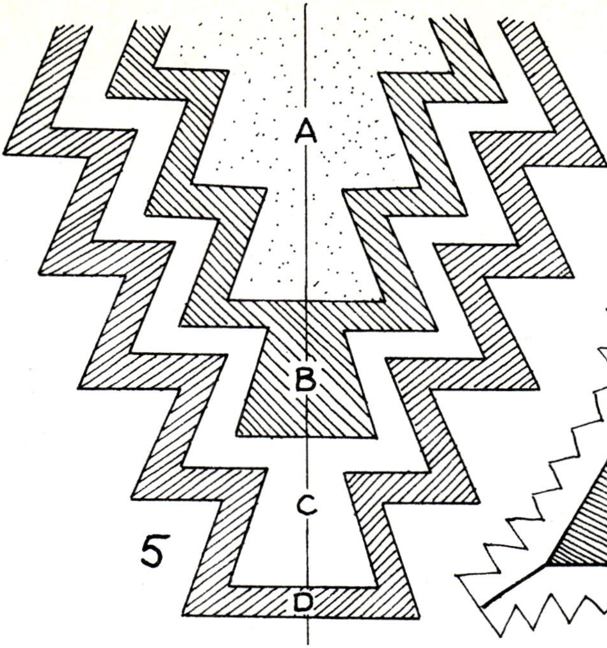

5

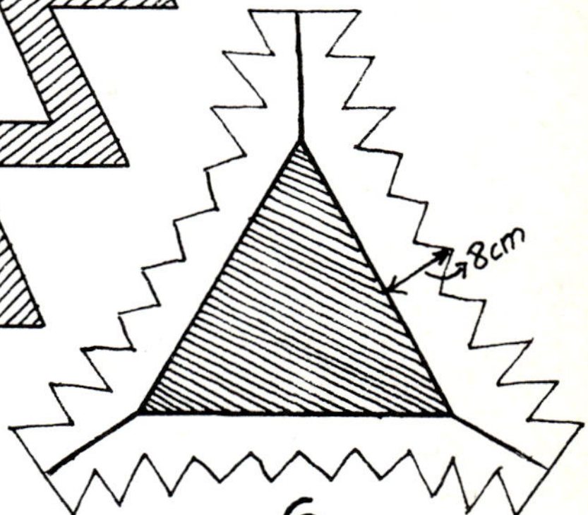

6

tracer un triangle intérieur à 8 cm de la pointe des dents.

● Epingler et bâtir. Piquer avec du fil rouge, en laissant une ouverture au milieu d'un des côtés pour le bourrage.

Faire une piqûre aux 3 angles, les partageant selon leur milieu vers l'extérieur. Veiller à bien piquer au milieu des découpes de toutes les feutrines superposées (6).

● Introduire le kapok (ou tout autre matériau de bourrage) dans le coussin, en commençant par les angles. On peut s'aider d'une aiguille à tricoter, par exemple.

Fermer à la machine en continuant la piqûre sur le trait.

● Battre le coussin pour faire gonfler le kapok.

LA HOUSSE A COUETTE EN PATCHWORK

Voir sur la photo page 67.

Placée sur un lit d'enfant ou d'adulte, comme elle est douillette cette couette ! Le dormeur l'appréciera aussitôt. Bien gonflée et cependant très légère, assortie aux draps de couleur, elle agrémentera toute la chambre. Dès lors un dessus de lit sera évité.

Son aspect rustique conviendra bien aux maisons de campagne, châlets de montagne, bergeries, etc.

Ouvrage divertissant et facilement transportable, la couette sera un passe-temps amusant.

La couette présentée ici est prévue pour un lit d'enfant mais il suffit de prolonger les motifs pour obtenir une couette de lit d'adulte.

FOURNITURES A PRÉVOIR

- Des morceaux de feutrine de 6 couleurs assorties. Leur dimension sera à calculer en fonction de l'ouvrage à réaliser.
- Des cotons perlés D.M.C. n° 5 assortis aux couleurs de la feutrine.
- Un crochet n° 3 ou 3 1/2.
- Un morceau de tissu pour doublure de la taille de la housse.
- Règle graduée transparente.
- Poinçon.
- Une couette.
- Une aiguille à repriser.
- Une fermeture à glissière.

RÉALISATION

● Choisir une gamme de 6 couleurs de feutrine comportant 2 dominantes et s'harmonisant avec la décoration générale de la chambre. Si l'on hésite sur le choix, s'inspirer des couleurs d'un drap imprimé ou d'un tissu liberty.

Ici nous avons utilisé 3 bleus, 2 roses et un bordeaux.

● Le patchwork proposé est très simple. Il comporte des carrés de 10 cm de côté et des rectangles de 10 cm × 20 cm (soit le double du carré, ce qui permet un assemblage facile).

Pour éviter de s'embrouiller dans ce genre d'ouvrage, préparer un petit plan de travail.

Sur du papier quadrillé délimiter carrés et rectangles à l'aide d'un marqueur (1).

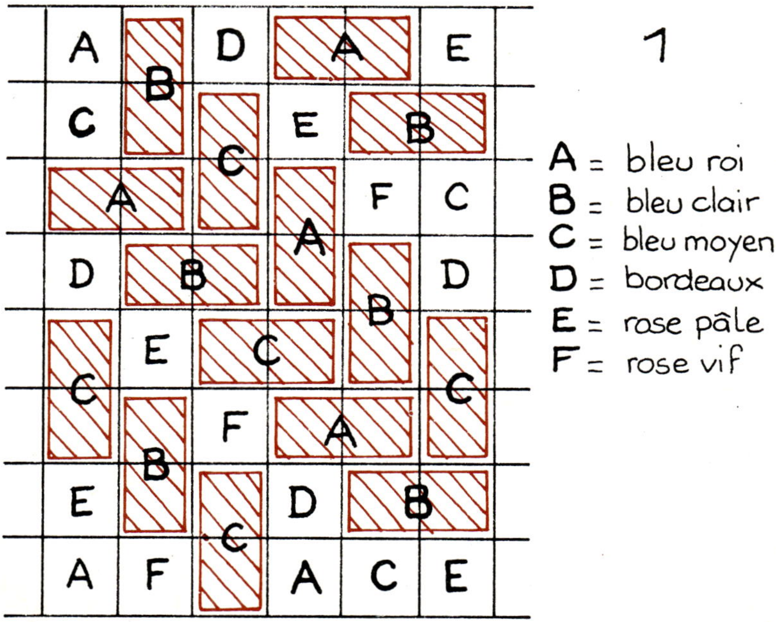

1

Découper de tout petits morceaux de feutrine et rechercher la disposition des différentes couleurs. Quand une bonne harmonie est trouvée, coller les petits morceaux de feutrine en place. On pourra aussi se référer à ce guide pour le nombre de carrés et rectangles à découper par couleur, et pour le montage général.

Pour une couette de plus grande dimension, il suffit de prolonger le motif en chevrons.

● Découper le nombre suffisant de carrés et rectangles pour réaliser la couette.

Autour de chaque pièce, à l'aide d'une règle graduée transparente, marquer des points au crayon blanc à 1 cm du bord et cela tous les 1 cm. A l'aide d'un poinçon, piquer des avant-trous sur chaque point.

LA BORDURE AU CROCHET

Pour ce travail utiliser un coton perlé de la couleur moyenne de chaque gamme de teintes.

Avec le crochet et le coton perlé, piquer dans le premier trou. Faire une boucle, puis 3 points de chaînette en l'air. Piquer dans le 2e trou.

Répéter ainsi le point autour de tous les carrés et rectangles. Arrivé aux angles, faire 5 points de chaînette (2).

MONTAGE

Pour ce travail utiliser un coton perlé assorti à la feutrine la plus foncée.

● Sur une surface bien plate de la grandeur de la couette, disposer selon le schéma les carrés et rectangles de feutrine bordés au crochet.

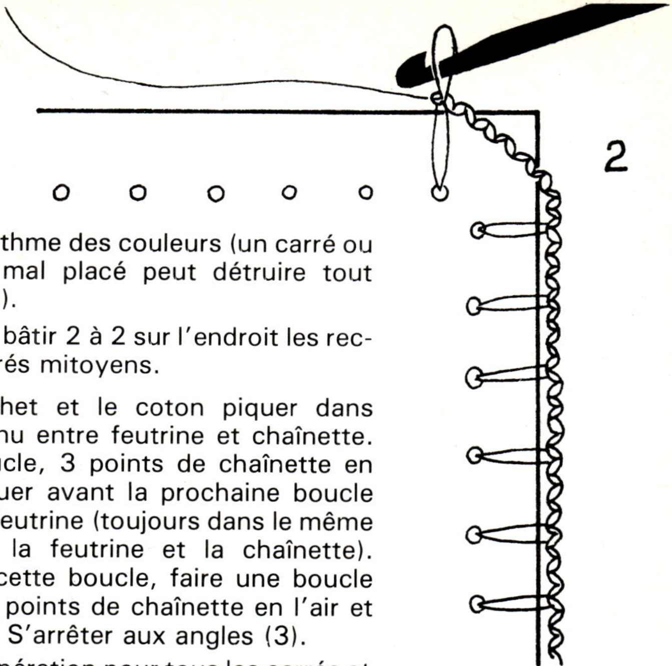

2

Contrôler le rythme des couleurs (un carré ou un rectangle mal placé peut détruire tout l'effet optique).

● Epingler et bâtir 2 à 2 sur l'endroit les rectangles et carrés mitoyens.

Avec le crochet et le coton piquer dans l'espace obtenu entre feutrine et chaînette. Faire une boucle, 3 points de chaînette en l'air, puis piquer avant la prochaine boucle qui sort de la feutrine (toujours dans le même espace entre la feutrine et la chaînette). Piquer après cette boucle, faire une boucle simple puis 3 points de chaînette en l'air et ainsi de suite. S'arrêter aux angles (3).

● Répéter l'opération pour tous les carrés et rectangles de feutrine, et terminer ainsi l'assemblage de toutes les pièces.

● Tout autour de la couette, faire au crochet et au coton le même point d'assemblage que ci-dessus.

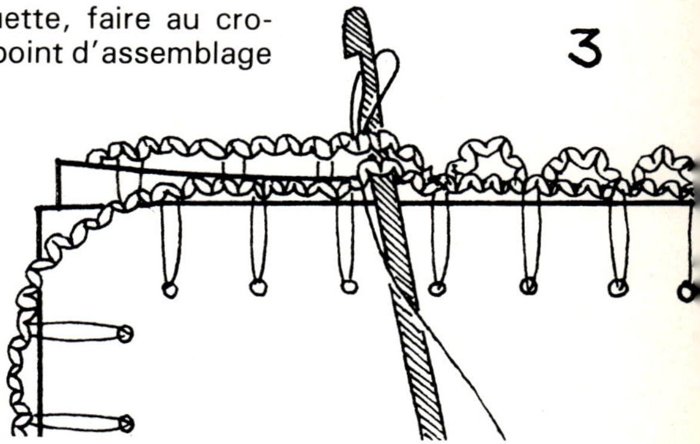

3

LES ROSACES

● Crocheter des rosaces de coton afin de recouvrir les intersections. Il y aura des rosaces entières pour les intersections de 4 morceaux et des demi-rosaces pour les intersections de 2 ou 3 morceaux.

Répertorier le nombre de ces 2 sortes de rosaces.

● Pour une rosace entière, dans une boucle lâche piquer 12 fois une triple boucle. Fermer.

● Pour une demi-rosace, piquer 8 fois une triple boucle. Fermer.

● Epingler rosaces et demi-rosaces en place et les coudre bien centrées sur les intersections.

MONTAGE ET FINITIONS

● Repasser sur l'envers sans mouiller. Bien presser.

● Prendre une satinette de même couleur que la dominante de la housse à couette.

Tailler un grand carré (ou rectangle) en comptant 10 cm de plus de chaque côté. Mesurer les côtés de la couette mise bien à plat. Plier la satinette au fer chaud en rembordant aux mesures retenues.

● Epingler le dessus de la couette sur l'envers de la doublure. Bâtir si besoin.

● Avec une aiguille à repriser et du coton perlé, assembler les 2 pièces en cousant (avec des points réguliers et pas trop gros) dans i'espace entre chaînettes et feutrine, en prenant chaque fois le tissu de la doublure.

● Prévoir une ouverture sur la moitié d'un seul côté et coudre une fine fermeture à glissière de la même couleur.

LA DESCENTE DE LIT

Voir sur la photo page 70.

Agréable cette descente de lit écossaise, non seulement pour son confort, mais aussi parce qu'il est possible d'assortir ses couleurs à celles de la décoration générale. Et puis l'écossais est toujours élégant et distingué.

Les combinaisons en sont variées et infinies. Prenez modèle sur votre kilt préféré. Si celui-ci ne vous convient pas comme couleurs, modifier selon la pièce où elle s'étendra. Agrandissez les croisements, qui rendront l'écossais plus intense.

FOURNITURES A PRÉVOIR

Elles sont à calculer en fonction de la taille de la descente de lit que l'on souhaite réaliser, celle que nous présentons fait 58 cm × 115 cm, franges comprises.

- Prévoir un fond de feutrine de la longueur et la largeur souhaitées + 2 bandes de même longueur et de 3 cm de large.
- Calculer les métrages nécessaires aux différentes couleurs de bandes.
- Un fond de toile tailleur de la largeur du fond et de 16 cm en moins en longueur que celui-ci.
- Grande feuille de papier kraft.
- Grande règle de fer et Cutter.
- Règle graduée.
- Fils assortis.

RÉALISATION

- En s'inspirant peut-être d'un véritable écossais choisir une gamme de feutrine qui comprendra 7 à 8 couleurs dont 2 foncées et 2 claires. Le ton du fond sera choisi de préférence en tonalité moyenne.
- Faire un schéma à grandeur des différentes bandes et de leurs croisements. On peut là aussi s'inspirer d'un véritable écossais, ou du croquis de notre modèle donné page 86.

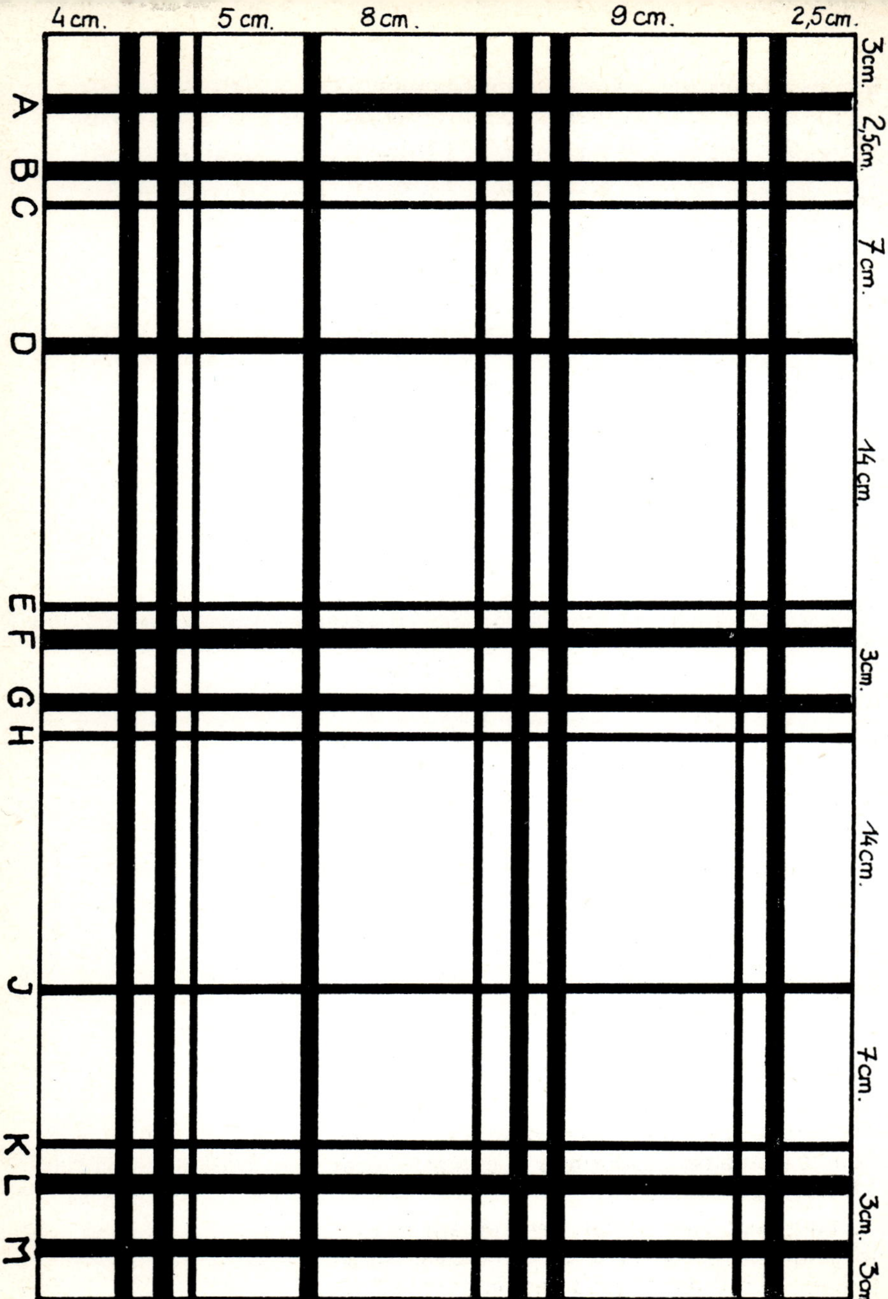

4 cm.
5 cm.
8 cm.
9 cm.
2,5 cm.
3 cm.
2,5 cm.
7 cm.
14 cm.
3 cm.
14 cm.
7 cm.
3 cm.
3 cm.
A
B
C
D
E
F
G
H
J
K
L
M
1
2
3
4
5
6
7
8
9

Sur ce croquis nous avons indiqué la répartition des bandes et les distances qui les séparent. Nous n'avons que grossièrement figuré leurs différentes largeurs. Celles-ci seront données ci-dessous.

Cet écossais fantaisie peut évidemment être repris dans une autre gamme de couleurs.

● Sur le schéma général, coller sur le tracé des bandes des petits morceaux de feutrine de la couleur choisie. Cela permettra d'éviter des erreurs lors de la pose des bandes.

● Lorsque le choix des couleurs est terminé, couper les différentes bandes du décor.

Pour cela se placer sur une grande surface solide de la taille de la carpette (table, plaque de contre-plaqué ou carton très épais) et découper les bandes à l'aide d'une grande règle de fer et d'un Cutter. Ces bandes seront

de longueur égale à la longueur (y compris les franges) ou à la largeur de la carpette (prévoir toujours 2 ou 3 cm en plus),

et de largeur différente suivant les couleurs (voir ci-dessous).

● Poser ces bandes sur le fond et étudier l'effet des croisements.

Quand celui-ci est obtenu, noter l'ordre de pose des bandes pour respecter les croisements. Il faut en effet commencer par les bandes sur lesquelles passent toutes les autres. Nous donnons ci-dessous l'ordre des bandes de l'exemple proposé.

MONTAGE

● Couper la toile tailleur aux dimensions voulues : même largeur que la carpette, ôter 16 cm sur la longueur.

● La placer bien à plat, centrée sur la feutrine (qui est de la même largeur). Lisser avec la main afin d'éviter tous plis de souplesse.

Epingler aux 4 coins en piquant les 2 épaisseurs.

● Avec une règle graduée et de la craie, tracer une ligne de repère pour la pose des premières bandes. Indiquer, par exemple, le bord de droite des bandes.

Tracer et poser ainsi, en prenant le travail dans le sens de la longueur, les bandes 4 et 9 en bleu marine, 4 cm de large,

les bandes grenat 1 en 4 cm de large, et 6 en 3 cm de large.

Epingler ces bandes et piquer le plus droit possible, à un pied de biche du bord, en utilisant chaque fois du fil de couleur assortie à la feutrine.

● Prendre ensuite le travail dans le sens de la largeur.

Tracer et poser les bandes A, F et L en bleu turquoise et de 4 cm de large,

puis les bandes D (3 cm) et J (4 cm) en grenat.

Dans le sens de la longueur, poser de même les bandes 2 et 7 (3 cm de large) en bleu roi.

● Sur la largeur poser les bandes C, E, H et K (1 cm de large) en blanc.

● Sur la longueur les bandes 3, 5 et 8 (1 cm de large) en vert pomme.

● Terminer sur la largeur pour les bandes B, G et M, 3 cm en bleu turquoise.

● Arrêter les fils sur l'envers et recouper éventuellement les bandes qui dépasseraient.

● Sur l'envers faire un rentré à la toile à chaque extrémité et sur le dessus faire une piqûre à 10 cm du bord de la feutrine (2).

● Découper 2 bandes de feutrine de 3 cm de largeur et de la longueur totale de la carpette.

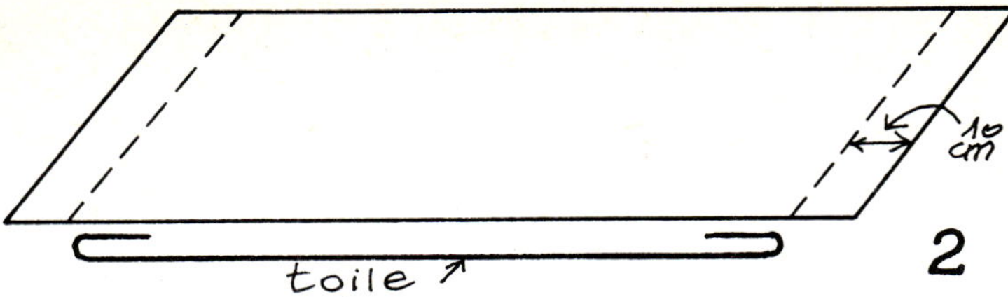

2

Les plier dans le sens de la longueur en 2 parties égales. Repasser sans mouiller (chaleur coton). Bien presser.

Les épingler à cheval sur les 2 côtés longs et piquer avec du fil de même couleur (3).

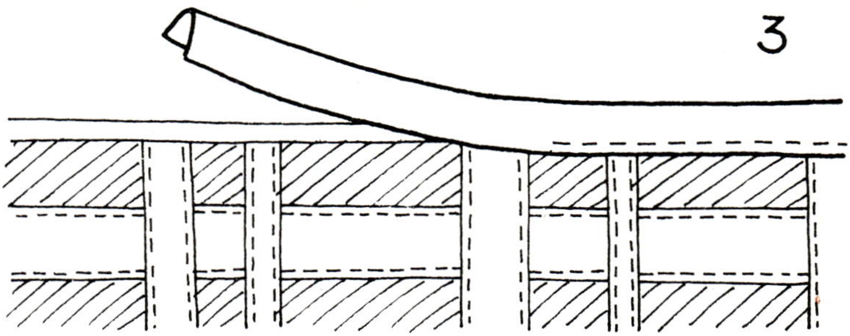

3

● Faire des franges aux 2 extrémités en coupant le fond et les bandes sur 10 cm de long (jusqu'à la piqûre) et sur 3 ou 4 mm de large (4).

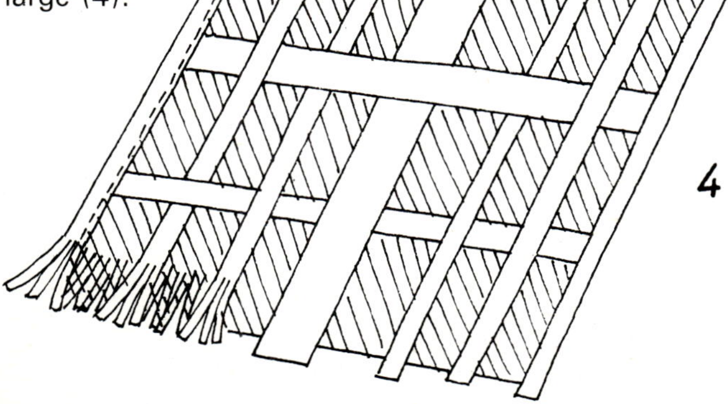

4

UN TABLEAU : LE FOND DE MER

Voir sur la photo page 61.

La feutrine se prête particulièrement bien à la réalisation d'une tapisserie collée. Le travail est plus rapide qu'en broderie, et plus net qu'avec des tissus ordinaires collés ou cousus.

FOURNITURES A PRÉVOIR

- Un panneau de contre-plaqué (ou d'aggloméré) de la dimension du tableau souhaité. Celui que nous présentons fait 52 cm × 75 cm.
- Un assortiment de feutrines suivant les couleurs choisies.
- Colle à tissu.
- Grande feuille de papier kraft.
- Papier-calque.

RÉALISATION

- Commencer par rechercher un document qui présente un joli fond de mer. On peut s'inspirer du tableau présenté ici, dont le dessin en réduction est donné ci-contre. On peut aussi s'inspirer d'une carte postale ou de tout autre document en couleur présentant poissons, algues, coraux, rochers, etc.
- A l'aide d'un papier-calque redessiner le sujet en le simplifiant, c'est-à-dire en supprimant tous les détails trop petits ou trop compliqués.
- Sur une grande feuille de papier kraft agrandir le sujet aux carreaux à la dimension du tableau souhaité.

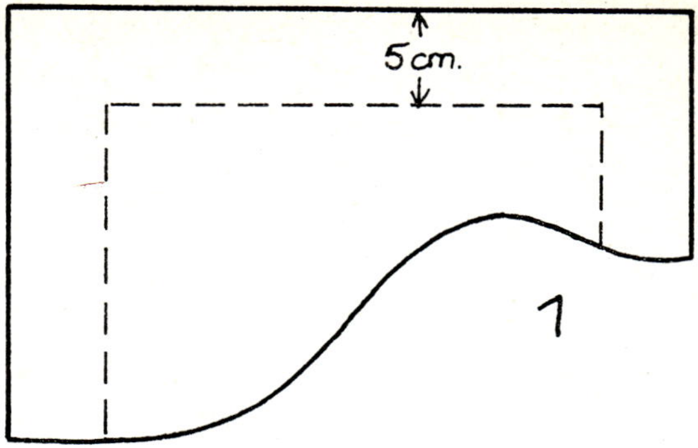

● Après avoir soigneusement élaboré l'harmonie des couleurs, échantillonner le tableau en collant des petits morceaux de feutrine sur le dessin.

Afin de donner de la profondeur au tableau, veiller à utiliser les couleurs vives et claires pour les motifs de premier plan. Les couleurs plus sombres seront utilisées pour les 2e, 3e et 4e plans.

Pour le détail du travail nous donnons naturellement les explications à partir du motif présenté ici. Pour un autre motif s'inspirer des principes donnés.

● A l'aide d'un papier carbone reproduire sur le fond de contre-plaqué les lignes d'eau qui délimitent les différentes couleurs du fond. Prolonger ces lignes comme si poissons et algues n'existaient pas.

● Encoller toute la surface du support d'une couche abondante de colle pour tissu, ceci afin de faire boire le bois. Laisser sécher une demi-heure environ.

● En relevant la forme sur le tracé général à l'aide de papier-calque, préparer les patrons des différents morceaux de feutrine qui composent le fond.

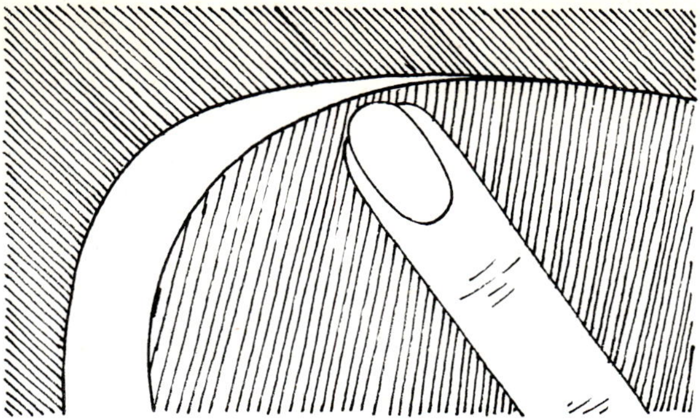

2

Les découper en laissant 5 cm de plus pour toutes les parties qui touchent le bord (1).

Commencer par le haut du tableau. Réencoller toute la première zone en débordant assez largement sur la seconde. Poser la feutrine en s'alignant sur la ligne tracée sur le fond. Bien presser en s'aidant d'une petite plaque de carton propre.

Réencoller la 2e zone et placer le morceau de feutrine en le poussant vers le premier du bout du doigt (bien propre également). Les 2 morceaux doivent se joindre parfaitement (2). Eventuellement, si l'on a mal coupé la feutrine, recouper l'excédent à l'aide d'un Cutter bien coupant.

Continuer ainsi de haut en bas jusqu'à couvrir tout le fond.

Retourner le tableau et remborder la feutrine en la collant sur le chant et sur le dos. Couper dans les angles éventuellement pour avoir un dos bien propre (3).

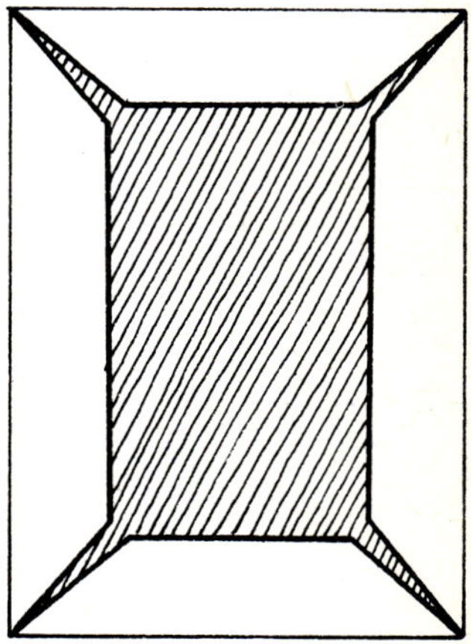

3

● Découper les formes générales des poissons et les disposer sur le fond. Faire quelques repères à la craie pour faciliter leur mise en place définitive. Dans le tableau présenté ici, le grand poisson noir et vert se superpose légèrement au poisson turquoise du haut.

Préparer un glacis de colle (voir page 51). Poser le premier poisson dessus. Le soulever délicatement et le mettre en place en posant d'abord le bord supérieur, puis laisser tomber doucement. Bien presser à l'aide du carton.

● En dernier lieu, découper et poser de même les éléments qui animent les corps des poissons, les algues et les yeux.

Ces différentes superpositions donnent beaucoup de relief au tableau.

Le tableau peut être accroché tel en vissant 2 petits pitons au dos, ou encadré d'une baguette vernie.

table des matières

Achevé d'imprimer le 20 octobre 1980
N° d'édition : F 80135 - Dépôt légal : 4e trimestre 1980
Imprimé en Italie par CO.P.E.CO. - Pero (Milano)
ISBN 2 215 00389 8